Un vrai dépaysement

DU MÊME AUTEUR

L'Été slovène, Flammarion, 2013 ; J'ai lu, 2015.
Lève-toi et charme, Flammarion, 2015 ; J'ai lu, 2017.
Un amour d'espion, Flammarion, 2017 ; J'ai lu, 2023.
Une essentielle fragilité. Le roman à l'ère de l'image, Plein Jour, 2019, prix Khôra-Institut de France de l'essai littéraire 2019

Clément Bénech

Un vrai dépaysement

roman

Flammarion

En mémoire de Laurence Panthier,
alias *Frau* Panthier,
emmenée trop tôt par un mauvais joueur de flûte.

L'auteur tient à remercier Myriam Lépron et les étudiants de l'atelier d'écriture de l'université Clermont-Auvergne pour leur gentillesse et leur créativité, ainsi que Claire Jeantet et la Lanterne des écrivains, à Mortagne-au-Perche. Un grand merci également à la Fondation des Treilles, refuge édénique – fût-ce en pleine pandémie –, avec une pensée particulière pour Guillaume Bourjeois, Valérie Dubec, Laurence Diebold, Milène Guiol, et Laurent Balp. La Fondation des Treilles, créée par Anne Gruner Schlumberger, a pour vocation d'ouvrir et de nourrir le dialogue entre les sciences et les arts afin de faire progresser la création et la recherche contemporaines. Elle accueille également des chercheurs, des écrivains et des artistes photographes dans le domaine des Treilles (Var).

www.les-treilles.com

ISBN : 978-2-0802-7733-6

Pour Rosette,
pierre de patience.

« Ce qui fait le caractère de l'Auvergne, c'est son caractère auvergnat : son lit breton, sa musette écossaise. […] Le folklore n'a pas de patrie. Et il est vrai qu'une huche provençale à côté d'un bahut de Quimper suffit à composer une auberge normande. Particulièrement à Montmartre. »

Alexandre VIALATTE,
L'Auvergne absolue.

Bordeaux

Sur une longue table recouverte d'une nappe en lin violette qui lui donnait l'allure d'un autel d'église, le traiteur avait disposé des ramequins en forme de feuilles creuses et remplis de tarama, de houmous, de guacamole et de baba ganousch.

Clic ! Un coup de ciseaux lança les réjouissances. Le ruban rouge protocolaire chut en deux parties égales, et ce fut fait : on pouvait désormais circuler sur le nouveau pont Montesquieu qui enjambait la Garonne, dans la partie la plus méridionale de la ville. La foule des spectateurs fut secouée par un grondement d'applaudissements et de vivats, qui ne fit pas vaciller l'ouvrage vénérable.

Le maire de la ville, lequel attendait ce moment depuis bientôt dix ans, exultait sous les crépitements des flashs et les rayons du soleil encore haut dans le ciel. Une fois son front épongé, il monta à la tribune flanquée d'oriflammes et de kakémonos, saisit le micro qu'on lui tendait, et le tapota avant de le coller à son menton.

— Mes amis…

La clameur reprit de plus belle avant de décroître doucement.

— Mes chers amis, disais-je, nous y sommes. Oui, nous y sommes, sur ce pont qui a existé si longtemps dans nos têtes avant de s'incarner sous nos pieds, sous nos yeux. Si vous me le permettez, je voudrais remercier…

Et s'ensuivit une de ces litanies de noms et de titres que connaissent bien ceux qui ont fréquenté les édiles. Pendant qu'il égrenait les hommages, celui-ci posa son regard sur chacun. Il y avait là des curieux venus de partout, des Bordelais de toutes sortes, chapeautés pour certains, accompagnés de poussettes, pour beaucoup. On retrouvait les classes de l'institut de journalisme, et ses étudiants identifiables à leur sacoche en cuir souple fermée par des morillons argentés. Les étudiants des Beaux-Arts étaient là également : assis un peu plus loin, ils croquaient le nouveau pont, qui au fusain, qui à l'encre de Chine. Parmi les mères de famille, les vieux célibataires, les skateurs des Chartrons, les entrepreneurs trentenaires tôt dégarnis et les quelques ouvriers du quartier Saint-Michel, beaucoup avaient à la main le journal *Sud-Ouest* daté du jour, le 21 juin 2013, où s'étalait en dernière page un portrait du jeune architecte français, l'auteur dudit pont, Aurélien d'Astéries. L'homme de l'art se tenait debout aux côtés du maire, affichant une moue qui se voulait peut-être modeste mais à laquelle chacun reconnaissait la signature de l'orgueil.

La parole lui fut laissée. Le sémillant architecte, 35 ans à peine, commença par reprendre certains des éléments de langage qui avaient permis au projet de remporter l'appel d'offres : avec son tablier d'une largeur inédite, pensé pour la circulation des piétons, mais aussi ses bancs que l'on devait à un célèbre designer, le nouveau pont n'était pas seulement un lieu de passage ou de traversée… C'était une destination, un lieu de vie. Un moyen, mais également une fin. Aurélien d'Astéries loua, beau joueur, la tumultueuse Garonne, qui avait fini une fois de plus par être *domptée*. Il rappela la saturation des sept ponts de Bordeaux déjà existants, et évoqua dans une belle métaphore empruntant à la chirurgie cardiaque la dérivation du flux vers un vaisseau artificiel. Il mit en lumière l'extraordinaire apport des estacades, qui couraient le long des quais, et la construction de la trémie, cette tranche d'accès au pont souterrain. Enfin, et en guise de péroraison, il salua la conscience écologique du bureau d'études, qui avait œuvré pour protéger le triton palmé ainsi que le crapaud calamite.

Suivirent les remerciements rituels, qui se terminèrent par une note plus personnelle :

— Je pense ce soir particulièrement à ma femme, Adeline, et à mon fils, Colin. Mais aussi à mon père et ma mère, ainsi qu'à mon petit frère, Romain, qui s'apprête à devenir professeur de français.

Debout au premier rang avec le reste de la famille, le petit frère en question, Romain d'Astéries, dont les cheveux étaient moins blonds que jaunes – ce jaune des mayonnaises industrielles –, agitait le revers de sa veste pour se donner un semblant d'air. On lui avait vendu justement pour de telles occasions cette veste avec une coupe *casual*, croisée avec un peu d'élasthanne à l'intérieur. Mais ça ne suffisait pas à rafraîchir le jeune homme, qui transpirait abondamment. Entendant les derniers mots de son frère aîné, il fit un signe de la main dans le vide.

Puis on retira des tables aux nappes élancées les derniers dossiers de presse, escamotés au profit des seaux à champagne. Les simples curieux, qui ne se sentaient pas invités – à raison –, disparurent en renâclant.

Aurélien, après avoir embrassé les siens, s'éloigna pour profiter du bain de foule. Ce n'était pas un abandon en rase campagne : Jean-Loup d'Astéries, son père, architecte également, avait nombre de relations sur place, comme d'ailleurs sa mère Constance, une artiste plasticienne qui avait acquis une renommée d'ampleur régionale sous son nom de jeune fille, Pécuchard. Quelque vingt minutes plus tard, Jean-Loup et Constance d'Astéries étaient au milieu d'une conversation avec de bons amis de la famille, quand leur fils cadet, qui avait disparu un certain temps, s'approcha de leur cercle. Il n'osa d'abord pas interrompre son père en pleine tirade.

— … et cet imbécile d'Armand de me dire : mais si, si, c'est un vin de garde ! Le jus était resté quarante ans dans sa cave, laisse-moi te dire que c'était une vraie soupe de bouchon… Oui, qu'est-ce qu'il y a, fiston ?

Romain avait fini par lui tapoter l'épaule.

— Je peux vous emprunter cinq minutes, les parents ?

Et il les arracha en effet à leurs amis, alors que son père avait encore des larmes de rire au coin des yeux.

Jean-Loup d'Astéries, lunettes à monture indigo, costume aux couleurs également jaspées et boutons de manchette en forme d'équerres, suait légèrement. Son front, luisant cet après-midi-là, lui montait haut sur le crâne, si haut qu'il se prolongeait jusqu'à l'arrière de la nuque sans être gêné dans sa course par la moindre espèce de cheveu – un itinéraire que sa main suivait toujours dans les situations d'embarras.

D'un garde-fou métallique à l'autre, il arpenta l'ouvrage filial ; puis, enfin satisfait, en homme qui aime voir coïncider la chose et l'idée, il lâcha à sa femme et son fils :

— Eh oui, trente-deux mètres de tablier, c'est bien ça. L'Alexandre-III n'a qu'à bien se tenir !

— Cela correspond *exactement* au dessin initial qu'il nous avait montré il y a des années, renchérit sa femme en regardant alentour. C'est fou, quand on y pense.

Madame d'Astéries portait, comme à son habitude, une ample robe faite d'un patchwork de différents matériaux versicolores ; elle avait autant de bracelets que de colliers autour de son cou.

Ce fut elle qui remarqua la coupe de champagne que Romain avait à la main.

— Tu bois, toi, maintenant ? lui demanda-t-elle, plus surprise qu'autre chose. Et tu as un drôle de sourire !

L'ébriété légère donnait à Romain un air narquois.

— Ouais, et c'est déjà ma troisième, pérora-t-il.

— On voit que tu n'as pas l'habitude, maugréa son père. Appuie-toi à la barrière ou assieds-toi sur le banc, tu vacilles.

Le garçon de 22 ans, bien campé sur ses deux jambes, regardait son père dans les yeux. Son teint naturellement crayeux l'empêchait de bronzer jamais.

— Je tiens parfaitement bien, répliqua-t-il.

Et il engloutit d'une traite sa coupe de champagne. Les deux parents échangèrent un regard.

— Romain, je t'ai pris de la crème solaire, tu en veux ? dit Constance d'Astéries en fouillant dans son sac.

— Non, maman, pas besoin. Vous savez, j'ai un truc à vous dire, continua son fils.

Sa voix, légèrement nasillarde, lui avait valu parfois des procès en arrogance. Et s'il lui arrivait de chercher à l'adoucir dans certaines situations délicates, tel n'était pas le cas ce soir-là.

— Vas-y, mon chéri, dit sa mère.

— Il y a trois mois, quand j'ai eu le résultat de mon affectation académique, je vous ai dit que j'avais obtenu l'académie de Bordeaux, n'est-ce pas ?

— Mmm, fit son père, empressé. Vas-y, fiston. J'ai vu les Flaquin là-bas, que j'aimerais avoir le temps de saluer.

Jean-Loup d'Astéries se mit sur la pointe des pieds pour voir plus loin.

— Eh bien, j'ai menti, conclut Romain.

Madame d'Astéries poussa une exclamation de surprise, qui fit se retourner leurs voisins les plus proches.

— Tu n'as... Tu n'as pas eu Bordeaux ?...

— Mieux. Je ne l'ai pas *demandée.*

Son père, agacé par une situation impliquant un événement passé – sur lequel il n'avait donc aucune prise –, se mit à gesticuler.

— Pardon ? Est-ce que tu vas nous expliquer, bon sang…

— J'ai mis en premier choix… l'académie de Guyane, lâcha Romain avec un petit sourire. D'ailleurs, elle n'est presque jamais demandée.

Ce sourire fit que ses parents crurent qu'il plaisantait.

— Et tu l'as eue, on imagine ? répondit son père d'un ton badin, en détendant d'un seul coup tous les muscles de son visage.

— Tu sais, papa, je t'ai bien entendu tout à l'heure, quand tu discutais avec les Bichat et qu'ils t'ont demandé de mes nouvelles.

— Que…

Romain était égayé par le champagne, mais une sorte d'aigreur teintait cette gaîté, et il titubait à la façon d'un clown triste et lucide.

— Je te cite : « Disons que ce n'est pas demain qu'il aura son portrait dans *Sud-Ouest*… » Eh bien, je te prends au mot, cher papa.

La mère mit cette fois-ci les deux mains devant sa bouche, et Jean-Loup d'Astéries eut un mouvement de recul, comme s'il avait reçu une gifle.

— Oui, je te prends au mot, continua Romain en homme qui a beaucoup remâché ses paroles. Demain, je connaîtrai mon établissement au sein de l'académie de Guyane. Un lycée de Cayenne, ou bien la jungle profonde. À la mi-août, je partirai. Et j'en fais le serment : vous ne me reverrez pas avant que j'aie obtenu mon portrait dans *France-Guyane*.

Ses parents, tétanisés, virent Romain attraper une nouvelle coupe de champagne sur le plateau d'un serveur qui traversait le pont.

— Mais... Tu comptais nous prévenir quand, au juste, mon chéri ? demanda Constance d'Astéries, les yeux voilés de larmes.

— Avoir son portrait dans le journal n'est pas une fin en soi, prononça Jean-Loup d'Astéries à contretemps.

— Le plus tard possible, maman, répondit Romain. Je vous l'aurais volontiers annoncé la veille de mon départ, une fois ma valise bouclée, pour éviter les scènes. Mais ayant entendu par hasard les propos de mon cher père, et ceci aidant... (Il brandit sa coupe de champagne.) Je me suis dit : eh, c'est l'occasion !

Constance d'Astéries sanglotait à présent.

— La Guyane... Mais quelle idée, mon Romain... Loin de ta famille, dans un environnement hostile, aux mille dangers...

Le père était totalement hébété ; ses yeux étaient obscurcis par le calcul de toutes les implications.

Romain, incorruptible, articulait avec dureté :

— Oui, maman, exactement, un environnement lointain, exotique, nouveau... C'est excitant, non ? Depuis le temps que je rêve de me *barrer* !

— Je comprends mieux... C'est pour ça que tu as fait une fugue il y a trois ans, formula lentement Constance, comme pour elle-même.

— Maman, pour la énième fois, ce n'était *pas* une fugue ! répliqua Romain, vexé. À 19 ans, on ne parle plus de *fugue* ! Je suis juste allé dormir chez un ami, pour rappel. Et puis, quelle idée, quelle idée de me barrer, comme tu dis... On voit que vous n'avez jamais eu, vous, de *grande idée*... Quelque chose qui vous tient au corps, qui vous dévore autant qu'un feu…

— Ah bon, s'indigna madame d'Astéries. Et l'écluse *high-tech* que ton père a conçue pour le canal de Ligny-en-Barrois, ce n'est pas une grande idée, peut-être ?

— Laisse, Constance, dit son mari dignement. Tu vois bien que notre fils est devenu inatteignable pour nous autres, pauvres mortels.

— Peut-être, fit Romain.

— En tout cas, tu choisis avec soin ton moment, grinça Jean-Loup d'Astéries. Quand ton grand frère est à la fête, histoire de gâcher un plaisir simple…

— De toute façon, tu as toujours été un esprit indépendant, pensa à voix haute Constance d'Astéries avec une tendresse résignée. Petit, tu voulais récrire à ta sauce les règles des jeux qui ne te plaisaient pas.

Jean-Loup d'Astéries la regarda interloqué, puis revint à son fils.

— Tu ne te poses pas ce genre de questions, évidemment, car tu es trop *pur*, mais qui va payer le billet d'avion pour Cayenne, hein ? Tes affreux parents, j'imagine !

Du blanc ivoiré, la peau de Romain vira au rouge de la colère.

— Ah, voilà, le fric arrive bientôt sur la table, n'est-ce pas ?

— À point nommé ! répliqua Jean-Loup d'Astéries, piqué. Car voilà, on apprend ce soir que Monsieur rêve de mettre les voiles depuis longtemps… Seulement, à 22 ans, on n'a guère quitté le cocon familial, n'est-ce pas ? La grande aventure, c'est le *kiff*, mais le chauffage assuré, le frigo rempli, les études payées par les parents et les vêtements repassés par Paula, c'est agréable aussi, pas vrai ? Les actes parlent plus que les paroles, mon cher !...

Puis, emporté par la force cinétique de ses paroles, il ajouta avec étonnement :

— ... Paradoxe !

Romain ferma les yeux, comme si les banderilles les plus perçantes lui rebondissaient dessus.

— Oh, la Guyane, chéri... se remit à sangloter madame d'Astéries. Il y a encore quelques années, je t'appelais *mon petit miracle*...

— Oui, enfin, maman, ça n'avait rien à voir avec mon avenir ni mon orientation professionnelle, tu le sais bien...

Romain avait hérité de ce surnom car madame d'Astéries était tombée enceinte de lui une fois la quarantaine passée, et treize ans après avoir eu son grand frère.

— Dire que tu avais été diagnostiqué *très* haut potentiel... se lamentait-elle, sourde à toute objection.

— Dire surtout, renchérit son père, que tu as craché sur la carrière familiale du bâtiment, parce que ce n'était pas assez excitant pour toi, trop peu noble, trop pragmatique...

— Cette carrière, nous en avions fait notre deuil, convint Constance. Mais là, c'est le coup de trop, Romain. En fait, conclut-elle entre ses larmes, tu veux tout simplement *nous tuer*.

Romain eut un rire sec. Ce fameux deuil ne s'était pas fait en un jour. Au moment où il avait obtenu son baccalauréat six ans auparavant, Romain ne savait qu'une seule chose : il était attiré par ce qu'il appelait les « idées hautes », une certaine sophistication dans la pensée et dans la réflexion. C'est cette dilection qui l'avait poussé à s'inscrire en première année de licence de philosophie. Mais l'année de propédeutique, avec ses lignes de logique formelle « qui ressemblaient à des équations », comme il l'avait expliqué à ses parents, le rebuta très vite. Il avait alors recommencé à zéro en licence de lettres modernes où, croyait-il, il pourrait mieux étancher sa soif d'idées hautes.

— Nous t'avons fait confiance, fiston, continua Jean-Loup d'Astéries avec hauteur. Nous t'avons laissé faire cavalier seul dans la voie incertaine des lettres. Tu as refusé la filière d'excellence, la prépa, qui t'aurait mené tout droit à Normale Sup'. Mais rien n'était encore joué : tu aurais pu devenir tout de même un grand professeur, à la fac de Bordeaux ou de Paris, en passant l'agrégation. Et puis, il restait les passerelles vers les écoles de commerce…

Madame d'Astéries, qui sentait le regard des invités peser sur eux, attrapa son fils et son mari par le bras pour les emmener à l'écart. Le soleil descendait peu à peu sur l'horizon et la vue était suffisamment dégagée pour apercevoir au loin les belles façades des hôtels particuliers récemment mises en lumière.

— Nous t'avons proposé, continuait le père, de rencontrer notre ami Pierre-André Etcheverry, quand même maître de conférences à Bordeaux-Montaigne, et tu nous as envoyés bouler. Monsieur ne voulait pas passer l'agrég. Monsieur était au-dessus de ça. Non, Monsieur serait *certifié*, pour être au contact des « vrais élèves », des esprits « encore à modeler »... Nous avons avalé toutes ces...

Il fit un geste vague de la main.

— ... Et maintenant, ça ! conclut-il, accablé.

Romain prit une grande inspiration, et caressa de la paume le garde-fou métallique du pont neuf.

— Je crois que nous ne parlons plus la même langue... C'est vous qui m'avez appris à parler, et pourtant nous ne parlons plus la même langue, je m'en rends compte en ce moment même... Vous savez, aujourd'hui, nous sommes le 21 juin, c'est la Fête de la musique, et j'aurais aimé aller écouter un concert au VOID, place de la Victoire, mais non...

— Tu aurais raté l'inauguration du pont de ton frère ?! s'exclama madame d'Astéries, indignée.

— Peut-être, pourquoi pas ? Cela m'aurait fait une journée entière sans parler de pont, de pont du soir au matin... Passe encore que je sois le vilain petit canard de la famille, le seul à ne pas manier les *nobles* matériaux, seulement les très douteuses *idées*... « Oh, ça, c'est encore Romain, avec ses *idées* ! » Eh oui, c'est bizarre, une idée, ça ne se touche pas... Ça ne se mesure pas... Ça ne se vend pas au kilo... On ne peut pas lui donner un coup de truelle pour la remettre droit... Passe encore, passe encore... Les blagues continuelles sur Romain le blondinet, le fils du facteur, passe encore...

— Mon grand-père était blond vénitien ! Pour la millième fois ! s'étrangla madame d'Astéries.

— Passe encore, répéta Romain. Mais les mondanités, c'est au-dessus de mes forces ! Évidemment, vous, vous êtes si à l'aise là-dedans... Bordeaux et bien sûr tout le ban et l'arrière-ban, le Tout-Bordeaux. Bordeaux à droite, Bordeaux à gauche, Bordeaux en haut, Bordeaux en bas, que des Bordelais de la bordelaiserie...

Constance et Jean-Loup d'Astéries s'étaient éloignés de quelques pas pour échanger à voix basse.

— Tu ne crois pas qu'il nous ferait une sorte de *burn-out* ? dit la mère.

— Un *burn-out* ? Avec ce qu'il bosse ? chuchota le père.

— Oh, ça suffit, Loulou !

Romain, lui, poursuivait sur son banc.

— ... Partout, les *mêmes* gens... *Mêmes* mots, *mêmes* préoccupations... Inscrit au rallye Mascaret alors que je n'aimais pas danser, pour vous faire plaisir... *Mêmes* petits bourges, les garçons déguisés en hommes qui comparent les fonctions de leur téléphone, les filles qui coincent leur paquet de clopes dans leur soutien-gorge inutile... Mais à quoi bon avoir claqué la porte, pour retrouver ces *mêmes* gens au cours d'équitation, dans tous les haras de la région ? Et aux vacances à Ferret, à la voile, sur un catamaran ou chez le loueur de pinasses, toujours les *mêmes* polos Vicomte Arthur... Oui, j'étouffe, je n'en peux plus de cet entre-soi, je veux un *entre autres*... Je sature de cette forêt de miroirs, de l'éternel retour du même... Mais cela va changer, dans la jungle de Cayenne... Enfin, je m'en vais voir l'autre côté de l'océan… Si l'herbe n'est pas plus verte… Et l'air un peu moins vicié !

— Mon chéri, tu es ivre… dit sa mère.

Romain, d'un coup de coude involontaire, fit tomber sa coupe de champagne vide. Le bris attira les regards des derniers curieux qui n'auraient pas encore tourné la tête vers le spectacle. Indifférent, le jeune homme toujours allongé se mit à pédaler dans les airs comme pour un exercice abdominal.

— Parfois, je me demande pourquoi il a fallu que je naisse Bordelais de France, et non… Je ne sais pas… Bavarois d'Allemagne ou Andalou d'Espagne… Et pourquoi occidental, d'ailleurs ? Pourquoi pas… Papou, ou pygmée ? Pourquoi Romain d'Astéries, et non Astrée de Romérie ? Pourquoi ne suis-je pas né plus petit, plus grand, plus poilu ? Les yeux bridés ? Noir ? Les oreilles rouges ? Infirme ? Pourquoi suis-je né d'Astéries, rejeton des Astéries, au sein de ma communauté ? De l'arbitraire à l'état pur ! Et puis… Quelle communauté ! Soudée, hein ! Difficile de trouver là quelqu'un qui dissemble… Et ce contentement d'être soi plutôt qu'autre ! Ah, être bordelais de France, quel plastron ! Vitrine mondiale de l'art de vivre français, le vin, les canelés, la barbaque ! Mais en même temps… Ah çà, on est moins fier ! En même temps, ville d'esclavagistes, ville de bourgeoisie satisfaite… Pour moi, la fierté devrait donner honte !

Il parlait suffisamment fort, dans son enthousiasme d'ivrogne débutant, pour mettre son père au comble de l'embarras. Jean-Loup d'Astéries, avec autorité, alla relever son fils.

— Tu te ridiculises, mon pauvre ami, lança-t-il. Allez, allez…

La face encore plus livide que d'habitude sous ses cheveux mayonnaise, Romain passa un bras autour des épaules de son père. Celui-ci l'emmena lentement de l'autre côté du pont, sur la rive opposée, en faisant signe à sa femme de rejoindre les autres convives.

— J'ai la nausée, papa…

— Marche, ça va te faire du bien. Mais dis-moi, continua son père qui faisait la conversation machinalement comme pour garder sauves les apparences, peut-on savoir quelle est cette « grande idée », dont l'humanité entière sera bientôt gratifiée ?

Romain se dégagea gauchement pour marcher à un mètre de lui. Les derniers rayons cinabre du soleil au coucher se reflétaient dans ses yeux foncés et lui donnaient un air diabolique, diviseur.

— Comme si… Comme si je pouvais l'expliquer comme ça, en une minute, articula-t-il avec une voix pâteuse. Déjà, si vous vous étiez intéressés à mes projets cette année, Aurélien et toi, au lieu de parler de ponts à chaque fois qu'on se voyait, vous auriez remarqué que… que j'ai lu consciencieusement tous les grands penseurs de l'éducation, enfin de la pédagogie… Donc voilà, il s'agirait de… de continuer – non, parachever – leur entreprise… Auprès d'un public encore neuf, frais, à l'esprit ouvert, et non entaché par votre… Enfin par notre vision verticale de l'éducation, très française… Trouver enfin la pédagogie ultime, *l'essence* de l'enseignement… Laisser loin derrière cette conception fixe du savoir, à laquelle certains ici tiennent tant… Un sachant, des ignorants… Et permettre enfin une émancipation réelle des enfants… Moi, professeur, c'en sera fini des humiliations, des brimades, des moque…

Soudain, Romain s'arrêta dans sa course. En s'inclinant brutalement vers l'avant, il plaqua une main sur sa bouche, quitta le béton de la promenade pour le gazon qui tapissait la rive, et, sous le regard de son père et celui des invités encore accoudés au garde-fou du pont, il vomit dans la Garonne.

Le lendemain matin, Romain se réveilla le cœur au bord des lèvres. Il essaya de se lever, mais renonça très vite en voyant sa chambre tanguer devant ses yeux.

Ironie du sort, le papier peint bleu et blanc – c'était sa chambre d'enfant – était sérigraphié avec un motif de bateau. Mais celui-ci avait été peu à peu recouvert par les passions successives du jeune homme : des posters de cinéma, d'abord, puis de tennis. Bien qu'en parfait état, ces affiches étaient comme des lambeaux de son adolescence.

La matinée était déjà avancée quand Romain sortit enfin de sa chambre. Il croisa la femme de ménage, qui finissait de passer le ramasse-miettes sur la table de la salle à manger.

— Bonjour, Paula.

En chaussettes, Romain traîna des pieds sur le parquet à chevrons jusqu'à la cuisine, sens dessus dessous après le dîner de la veille qui avait conclu la cérémonie. Les plats graisseux étaient empilés dans l'évier et, sur une planche à découper sanguinolente, la barde du rôti serpentait encore. Le jeune homme, qui était allé se coucher aussitôt en rentrant la veille au soir, n'en avait pas vu la couleur.

Mais il y avait un post-it sur le frigo.

Mon chéri, j'espère que ça va mieux ce matin.
Aujourd'hui, je suis à l'atelier, mais nous t'avons laissé
un peu du dîner d'hier soir dans un tupperware.
Gros bisous, maman

Aussi attendri qu'agacé, Romain arracha le post-it et le jeta à la poubelle. Dans le réfrigérateur, il finit par trouver une bouteille de lait entre deux décoctions odoriférantes – sa mère soignait ses maux successifs avec des préparations personnelles à base de guêpes marinées ou de bitacola. Il se versa un bol de céréales, qu'il commença à manger debout, appuyé contre le mur de la cuisine. Pendant qu'il mastiquait, soufflant régulièrement pour écarter la mèche de cheveux qui lui tombait sur le visage, Romain essaya de fixer son regard sur l'heure affichée à l'écran du micro-ondes : son esprit embrumé suivait attentivement le contour des chiffres bleutés, comme s'il s'était agi d'une mosaïque antique. Soudain, l'agencement des chiffres sembla percuter le jeune homme, qui ouvrit grand les yeux.

— Oh, merde ! Onze heures et quart !

Romain se précipita dans sa chambre, pour trouver cinq appels manqués sur son téléphone. À toute vitesse, il enfila un jean, une chemise, et ses Wallabees en daim, sans cesser de jurer contre lui-même. Puis il passa en trombe dans la salle à manger, et traversa le couloir tapissé des œuvres psychédéliques de sa mère, au milieu desquelles se trouvait un véritable Redon ; enfin, il claqua la porte derrière lui pour dévaler l'escalier de pierre, son ordinateur sous le bras.

La place Puy-Paulin, traversée au pas de course par le jeune homme débraillé, était une cuve pleine de soleil. Les bâtiments qui la gardaient – ainsi de cet hôtel de Restan au coin de la place – étaient pétris de cette pierre blanche appelée calcaire d'astéries, qui avait sans aucun doute donné son nom à un ancêtre de Romain, garantissant la provenance de sa famille plus sûrement qu'une lettre de noblesse, comme son père aimait à le rappeler.

Le jeune homme emprunta une venelle puis suivit la rue Porte-Dijeaux qui se transformait en rue Saint-Rémi, avant de tourner à droite dans la minuscule rue des Lauriers, laquelle débouchait elle-même sur la place du Parlement. Il la traversa en diagonale, évitant les projections d'eau des adolescents qui jouaient autour de la fontaine centrale, puis il entama l'ascension de la serpentine rue du Pas-Saint-Georges, et son lavomatique réputé pour ses rencontres amoureuses. Enfin, il parvint place Camille-Jullian, qui fourmillait déjà d'étudiants. Onze heures et demie sonnaient.

Devant l'église Saint-Siméon, qui avait radicalement changé de culte puisqu'elle accueillait maintenant un cinéma, vingt tables étaient disposées aussi régulièrement que pour un examen. Assis à l'une d'entre elles, un jeune homme barbu, vêtu d'un T-shirt blanc et d'un short de sport Domyos, faisait signe à Romain. Il s'agissait d'Henri Regamey, un ami de l'ÉSPÉ – École Supérieure du Professorat et de l'Éducation –, que les deux garçons avaient fréquentée toute l'année et qu'ils appelaient tout simplement, comme chacun là-bas : « l'Institut ».

— Ah, quand même, fit Henri avec humeur alors que Romain s'asseyait face à lui. J'ai failli attendre !

— Vraiment, vraiment désolé. Petite gueule de bois ce matin, je n'ai pas vu l'heure passer.

— Gueule de bois, toi ? répliqua Henri, qui en oublia d'être fâché.

— Oui... L'inauguration du Montesquieu, tu sais. Je te raconterai.

— Tiens, mes parents m'ont montré le portrait de ton frère dans *Sud-Ouest*. La grande classe !

— Je transmettrai. Bon, ça va, complice ?

— Ça va, complice.

Ils faisaient ici allusion à l'un des formateurs de l'Institut qui, recherchant sans cesse l'amitié de ses étudiants, leur donnait volontiers ce sobriquet. Les deux garçons raillaient peut-être le personnage, mais le terme leur était resté, comme le trophée d'une épreuve commune.

— Ce pauvre Darrieux, dit Henri. Des années avant nous à agiter ses joujoux pédagogiques, et sans doute des années après nous.

— Arrête de faire ton cynique, répliqua Romain, moins nonchalamment qu'il ne l'aurait voulu.

— Mais enfin, *je ne suis pas* un cynique ! Je te rappelle que « cynique » vient du grec *kynós* qui signifie « le chien », par allusion à Diogène... Est-ce que je vis dans un tonneau ? Non ! Et puis je ne rejette pas tout en bloc, moi ! J'ai des valeurs...

Simplement, ce ne sont pas celles de l'Institut, et encore moins les valeurs *bourgeoises*...

Romain et lui-même avaient cela en commun : ils ne prononçaient jamais l'adjectif « bourgeois » sans l'assortir d'une sorte de postillon méprisant, si bien qu'ils finissaient par le prononcer « *pourgeois* ». L'épithète ne s'appliquait jamais à eux-mêmes, mais à des tiers dont ils estimaient le mode de vie sans fantaisie, sans imagination ; ils étaient aussi prompts à l'employer qu'un enfant muni d'un pistolet à eau chargé.

Si Romain habitait encore chez ses parents, Henri avait un studio dans le centre-ville de Bordeaux, dont la question du financement rendait le garçon systématiquement elliptique. Les deux s'étaient trouvé une affinité sur les bancs de l'Institut, en parallèle de leur première année de stage : certaines idées les réunissaient. Sur la formation elle-même, pourtant, leurs avis différaient. Il faut dire que celle-ci suscitait des passions, car elle ne se contentait pas de transmettre des savoirs fermes et établis ; on attendait de ceux qui en usaient les bancs de maîtriser déjà ce type de savoirs. Il s'agissait en ces lieux *d'apprendre à apprendre.* Mais ce que recouvrait cette expression limpide pouvait varier vivement selon les formateurs. Henri aimait à dire que certains avaient allègrement basculé de la formation en pédagogie à la leçon de vie. Mieux : à l'en croire, plus d'un fonctionnaire de l'Institut s'était senti pousser des ailes de gourou.

— Au moins, ajouta Henri d'un ton sarcastique, maintenant tu sais comment ramasser une pièce de monnaie entre deux orteils.

Il est vrai qu'ils avaient dû subir un atelier de cette nature, consistant à « prendre conscience de leur corps ». Dans la même journée, on les avait invités à écrire leurs attentes envers l'école du futur dans les vastes pétales d'une fleur dessinée au tableau (« bienveillance », « accompagnement », « tolérance » étaient les attendus). Puis on leur avait fait passer un dessin de vélo, à partir duquel il fallait établir des métaphores (« le professeur, un guidon pour guider »). Apparemment, l'école en France n'était qu'un vélo.

— Ce n'était pas inintéressant, protesta Romain.

— Et puis ce jargon, franchement… continua Henri. Quand on nous invitait à « intervenir sous forme verbale » lors d'une « séance de langage », le tout dans le cadre d'un « rituel structurant »… Sans parler de cette incitation constante à « être nous-mêmes » et à nous opposer à l'institution, venant de ses représentants qui étouffaient toute contestation… Si c'est pour reprendre à son compte le vocabulaire managérial et néolibéral, peuh !

— Il faut le voir comme un rite de passage…

Henri leva les yeux au ciel.

— Enfin, Romain… Pourquoi défends-tu cette mascarade ? Reconnais que c'est *gavé* con… Tes élèves se bastonnent, ils appellent ça un « conflit sociocognitif » ! Sérieux ? Et un chahut au moment de s'asseoir, ça devient un « groupe en motricité »…

— Pfff.

Henri, de l'avis de Romain, était excessif dans sa condamnation de l'Institut. Son ami refusait l'idée même que l'on pût enseigner la pédagogie, ce que

Romain trouvait absurde : il ne suffisait pas de posséder un savoir pour être capable de le transmettre ! Sinon tous les savants feraient de grands professeurs. Le savoir ne passait pas, en un claquement de doigts, d'un cerveau à un autre…

— Je ne sais pas comment toi, Henri, un opposant à la bourgeoisie et à son idéologie, tu peux critiquer aussi vertement les tentatives de pédagogie innovante, qui veulent précisément nous sortir de ce carcan… Qu'y a-t-il de plus ennemi du confort bourgeois que d'aller, comme je voudrais le faire, installer une révolution pédagogique, sous d'autres latitudes mais sur notre propre sol, dans un territoire délaissé par la République ?

Henri eut un rire bref, et détourna le regard, pour le laisser traîner sur une bande de filles qui traversaient la place Camille-Jullian. Puis, comme s'il avait soudain changé d'idée, il finit par dire :

— Vu sous cet angle, on ne peut que te donner raison.

Il fut alors traversé par une fulgurance.

— *Autres* mœurs, *autres* latitudes, *autre* pédagogie… En fait, tu es un *altérophile* !

— Oh, le barbarisme ! fit Romain. Oh, la chimère gréco-latine !

Et ils se gondolèrent comme des khâgneux.

— Allez, reprit Henri, avoue que, quand même… Le type de l'Institut qui voulait nous apprendre l'empathie en nous obligeant à nous regarder les uns les autres dans le blanc des yeux…

Son ami reprit un air impassible.

— Quand tu t'es retrouvé noyé dans le regard de Delphine Serrat…

Là, Romain ne put s'empêcher d'éclater de rire. Delphine Serrat était une jeune stagiaire particulièrement naïve et, selon Henri, *lèche-cul* : Romain s'était retrouvé dans l'embarras quand le formateur les avait invités, Delphine et lui-même, à « émousser la croûte du social afin de retrouver l'interaction réelle ». L'énoncé seul de son patronyme suffisait à provoquer l'hilarité des deux garçons ; Henri souhaitait retomber sur un terrain d'entente.

— Au fait, tu as eu des nouvelles de Yasmina ? fit Henri.

— Un petit peu. Elle a eu l'académie de Créteil…

— J'ai su ça. Et des nouvelles d'Oddmund ?

— Toujours à Oslo chez ses parents. Mais lui aussi est bon pour Créteil à la rentrée, je lui écrirai pour connaître son établissement, dit Romain.

— TZR Créteil, ça va piquer… Bon, tu as pris ton ordi ?

Il héla le serveur pour obtenir le code du Wi-Fi. Romain et lui-même s'étaient retrouvés ce jour-là dans un but précis : à midi tombaient les résultats d'affectation intra-académique pour l'année suivante, leur première en tant que titulaires.

Lors de l'année écoulée, professeurs stagiaires, ils s'étaient vu attribuer un poste dans l'académie même où ils avaient passé leur concours. Romain avait été affecté dans le lycée où il avait été élève naguère, au centre-ville de Bordeaux ; Henri l'avait été dans un collège à Talence, proche de chez ses parents également.

Romain ouvrit une fenêtre sur Chrome, puis se connecta à sa session sur la messagerie interne de l'Éducation nationale : « votre assistant carrière ». Dans un nouvel onglet, il ouvrit une session pour son ami. Aucun des deux n'avait encore de message dans sa boîte – mais il n'était que midi moins dix.

— Bon, toi, t'es à peu près sûr de ton coup, ce sera Toulouse *intra-muros*, dit Romain.

— J'ai l'académie de Toulouse, c'est certain. Après, est-ce que j'aurai un établissement de centre-ville ou un bled paumé en Haute-Garonne… Ça, je ne sais pas ! Le principal, c'est de m'éloigner un peu de mes parents et de pouvoir faire régulièrement des soirées avec des potes à Toulouse. Si j'ai mon permis cet été, ce qui n'est pas garanti non plus…

Henri regarda l'heure sur son téléphone.

— Huit minutes, mon vieux !

Et il tapota à toute vitesse sur le bord de la table pour faire monter la pression.

Romain retira l'agitateur en plastique de sa grenadine et se mit à le mordiller.

— Et toi, reprit Henri, si tu devais faire le bilan de ton année de stage ?

— Oh, mon année de stage…

Gêné, Romain recula sur son siège et se recoiffa d'une main.

— Eh bien… Un bilan, tu dis ? Mmm… Je pense avoir fait mon boulot, je leur ai appris des choses… J'ai contribué à *accroître leur capital culturel*, en tout cas… Ces gamins, je me reconnaissais en chacun d'eux… Je sais où ils vont en vacances, je les croise avec leurs parents quand j'accompagne les miens à

Ferret. Je pense avoir fait de mon mieux et que de leur point de vue, c'est une année réussie… Mais du mien, je…

Romain mélangeait lentement sa grenadine.

— Mmm ? relança Henri.

— En tant que personne, j'ai beaucoup donné, mais est-ce que j'ai reçu quoi que ce soit ? Ça n'a rien d'enrichissant de se retrouver entre gens qui ont grandi au même endroit, qui ont le même vécu, le même *goût dans la bouche*, si tu veux, pour parler comme Sartre… Toujours le même sentiment, celui de me retrouver en face d'une forêt de miroirs…

— Bon, ça, au moins, ça va changer quand tu seras sur ton île…

— Mon île… ?

— Ben, la Guyane !

Romain éclata de rire à nouveau.

— La Guyane, c'est pas une île, espèce d'abruti.

— Non mais je sais, répliqua à toute vitesse Henri, c'est une façon de parler. Ce que je veux dire, c'est que tu vas être isolé, dépaysé. Toi, tu es sûr de l'endroit où tu vas atterrir. Et puis avec l'indemnité, tu vas te mettre bien. Alors que moi…

— Ça se trouve, reprit Romain avec chaleur, je vais me retrouver dans un établissement en pleine jungle… à Camopi, à Papaichton, à Roura…

Le jeune homme eut soudain les yeux dans le vague.

— Je vois que tu y es déjà, reprit Henri. D'ailleurs, tu ne seras pas pris au dépourvu ! Tu es équipé…

Romain avait en effet pris les devants, en cachette. Ayant compulsé les sites de voyage sur la Guyane, il s'était procuré une moustiquaire, avait renouvelé ses vêtements en pur coton, s'était offert un miniventilateur de voyage à piles, et surtout une touque – ce récipient métallique préservant n'importe quelle denrée de l'humidité. À cela s'ajoutait une paire de sandales en cuir. Près d'investir également dans une machette, il s'était ravisé : sur place, il trouverait sans doute un modèle de meilleure qualité. Et même hors du système capitaliste, avec un peu de chance.

— Bon, on regarde ? lança Romain.

— Vas-y… J'ai déposé un cierge.

Henri était notoirement en conflit avec sa famille, très pratiquante, qui fréquentait la traditionaliste église Saint-Éloi : c'était entre les deux garçons une source intarissable de connivence et d'humour.

Onze heures cinquante-sept. Romain, machinalement, actualisa les deux pages de messagerie. Ils sursautèrent en constatant qu'un message était tombé dans la boîte d'Henri. Celui-ci se précipita pour ouvrir l'enveloppe virtuelle.

Objet : résultats du mouvement
Thème : carrière
Récepteur : M. REGAMEY HENRI (1990)

Félicitations. À l'issue des opérations de mouvement intra-académique, vous êtes affecté dans l'établissement suivant :

COLLÈGE GUILLAUME SIRE - TOULOUSE, HAUTE-GARONNE (31)

— *Yes !* fit Henri en serrant le poing.

Il s'était levé brusquement de sa chaise, obligeant leurs voisins de terrasse à se retourner.

— Bravo ! dit Romain. C'est central ?

— Tu plaisantes, il n'y a pas plus central que Sire ! S'il vous plaît ? Deux coupes de champagne ! Je t'invite, mon vieux.

Romain fit mine de vomir.

— Une autre grenadine pour moi, je préfère.

Sa messagerie à lui était encore vierge. Midi venait de sonner et il actualisait frénétiquement la page en appuyant sur la touche F5, alors que le serveur du café déposait leurs boissons sur la table, agrémentées de cacahuètes.

— À nous ! fit Henri, rayonnant, en levant sa coupe.

— Oui, enfin attendons un peu pour moi, répondit Romain modestement.

— *Rrroh*, toi et ta peau de l'ours… Tu as fait F5 ?

— Je n'ai fait que ça !

L'heure avait déjà cinq minutes et la boîte restait vide. Romain se mit à fureter sur le site de l'Éducation nationale pendant que son ami, un peu plus loin, téléphonait à sa mère en buvant son champagne par petites gorgées. Les candidats devaient leur affectation à un logiciel nommé DELF, apparenté au ministère. Romain ignorait la signification de l'acronyme. Départage des Enseignants des Lycées Français ? Direction Éducative des Libres Forces ? Mystère. Romain retourna sur sa messagerie alors qu'Henri venait de se rasseoir. Il était midi et quart.

— Toujours rien ?

— Toujours rien.

— Et si on allait se prendre une pizza chez Masaniello pour patienter ?

— Pfff. Au point où j'en suis...

Romain allait refermer son ordinateur quand – *plop* – un nouveau message arriva dans sa boîte.

Objet : résultats du mouvement
Thème : carrière
Récepteur : M. D ASTÉRIES ROMAIN (1991)

Félicitations. À l'issue des opérations de mouvement intra-académique, vous êtes affecté dans l'établissement suivant :

COLLÈGE BLAISE PASCAL - CHAUDEZAT, PUY-DE-DÔME (63)

Après avoir lu et relu ces quelques lignes, les deux amis se regardèrent dans les yeux, incrédules. Puis la stupeur d'Henri se transforma en hilarité.

— Le Puy-de-Dôme ! L'Auvergne ! Heureusement que tu n'avais pas encore acheté ta machette ! s'exclama-t-il entre deux crises de fou rire.

Romain restait, quant à lui, de marbre.

— Arrête, t'es con, ça doit être un bug, finit-il par lâcher. J'appellerai après le déjeuner.

— Pourquoi un bug ? Tu vas descendre l'Allier en pirogue, mon pote !

Et il essuyait des larmes de rire au coin de ses yeux.

— C'est pas drôle, putain ! explosa Romain. Je te dis que c'est un bug ! L'académie de Clermont-Ferrand est vachement demandée. Même si je la voulais, je n'aurais pas forcément assez de points. Alors que Cayenne est en galère de professeurs. On m'a dit qu'ils recrutaient même des contractuels au niveau licence, alors…

— D'accord, d'accord, répondit Henri. C'est un « bug »…

Et il mima des guillemets avec ses doigts pour faire enrager Romain. Celui-ci attrapa une poignée de cacahuètes et les jeta au visage de son ami, qui repartit dans une crise aiguë d'hilarité.

— *Biiip… Biiip… Biiip…* Allô ?
— Oui, allô ?
— Direction de la [*inaudible*], j'écoute ?
— Oui, bonjour, je m'appelle Romain d'Astér…
— Vous ne quittez pas, une petite minute ? Je suis déjà en communication.
— Euh, oui, d'accord…
— *Clic. Tut, tut, tut, tut…*
— Allô ? Allô ? Roh, purée.
— *Biiip… Biiip… Biiip…* Allô ?
— Bonjour, je suis bien à la DELF ?
— Oui, bonjour monsieur…
— Vous m'avez raccroché au nez !
— Nous avons beaucoup d'appels, et…
— Bon, oubliez, je vous appelle pour un cas urgent.
— Une erreur d'affectation ?
— … Oui ! Exactement !
— Ce n'est pas avec nous qu'il faudra voir. Je vous passe le service des litiges…
— Bon…

— *Biiip… Biiip… Biiip…* Allô ?

— Oui, bonjour, Romain d'Astéries, erreur d'affectation, je suis bien au service des litiges ?

— Tout à fait, monsieur.

— Je comprends que vous avez eu des erreurs, déjà ?

— Cela arrive…

— Ouf.

— Donnez-moi votre numéro d'identifiant INE, je vous prie.

— Mon… Oui, attendez, je l'ai quelque part : 0315436375 R.

— Une petite seconde… Voilà, je vous ai retrouvé. Romain, c'est ça ?

— Oui !

— D'Astéries ?

— Exact.

— Date de naissance ?

— Euh… 28 janvier 1991.

— Bien. Monsieur d'Astéries, je vois que vous avez été affecté au collège Blaise-Pascal de Chaudezat, dans le Puy-de-Dôme, c'est bien cela ?

— C'est bien cela, sauf que voilà… En mars, j'avais obtenu l'académie que je souhaitais, celle de la Guyane… Cela devrait apparaître sur votre écran ?

— Ah ! Tiens, en effet.

— De sorte que j'aurais dû être affecté dans un établissement de cette académie, n'est-ce pas ?

— C'est juste.

— Par ailleurs, les collèges de Cayenne, sur lesquels je me suis renseigné, ont un besoin criant de nouveaux professeurs. C'est pourquoi ils recrutent avec un nombre de points de barème extrêmement bas. J'ai bon ?

— Mais tout à fait.

— Un nombre de points que j'excède de beaucoup, si vous me permettez cette coquetterie.

— De beaucoup.

— Tout cela pris en compte, j'imagine qu'il vous sera facile de rectifier l'erreur depuis votre serveur et de m'affecter, suivant mon désir, dans l'un des collèges en question.

— C'est absolument impossible, hélas.

— ... Quoi ? !

— Je vous le répète, absolument *impossible*.

— Mais...

— L'algorithme de DELF a parlé.

— Je vous demande pardon ?

— L'algorithme a rendu son verdict, il est impossible de revenir en arrière.

— ...

— Monsieur d'Aspérides ?

— Madame, vous... Vous avez un prénom, n'est-ce pas ?

— ... [*inaudible*]...

— ... « Diotime » ?

— Martine !

— Martine... Vous êtes en train de me dire que vous ne pouvez pas, manuellement, de votre propre chef, intervenir pour corriger l'erreur commise par un algorithme ? Par un robot imbécile ?

— Je ne dis pas ça.

— Vous ne dites pas quoi ?

— Que je ne le pourrais pas.

— Intervenir, vous voulez dire ?

— Oui, voyons ! Faire glisser votre nom dans la case d'un collège de Cayenne. Ce serait *techniquement* très facile !

— C'est… C'est sérieux ? Vous le feriez ?

— Non ! Aucune chance. L'algorithme a parlé.

— Mais… Puisque l'algorithme s'est trompé ?

— Cela arrive.

— Il doit donc vous arriver de corriger ses erreurs.

— *Jamais* ! Vous ne comprenez donc pas ce qu'est l'algorithme de DELF ?

— Je…

— Vous verrez, monsieur d'Espérides. C'est très joli, l'Auvergne.

De : Romain d'Astéries <botchan@gmail.com>
À : Henri Regamey <henri.regamey@u-bordeaux-montaigne.fr>
Objet : Verdict
Le : 25 août 2013, 11:07

Mon cher Henri,

J'espère que tes vacances à Marrakech en famille se passent à merveille, avant le grand chambardement de la rentrée. De mon côté, ce n'est pas vraiment la joie...

Nous sommes revenus hier soir de nos quatre semaines annuelles au cap Ferret. La mauvaise nouvelle que j'avais eue est venue se superposer à ma mélancolie habituelle en cet endroit. Je me suis traîné comme une âme en peine de la maison au loueur de pinasses, en passant par la plage de la Vigne, me raccrochant au formulaire de recours envoyé par la poste juste avant notre départ.

J'ai voulu évoquer discrètement auprès de ma mère l'erreur d'affectation : en quelques heures, tout le reste de la maisonnée avait été mis au courant. Tu imagines bien la *Schadenfreude* de mon père, devenue vraiment intolérable un soir que, momentanément gai, j'évoquais devant la famille certaines théories innovantes découvertes à l'Institut (notamment la classe inversée). J'ai surpris là un regard de connivence entre mon père et mon frère, qui s'est transformé en fou rire quand ils se sont sus repérés. Deux gamins ! Le rosé n'excuse pas tout.

Aurélien est venu me demander pardon, mais ça ne fait rien. Je sais bien ce qu'ils pensent tous les deux de mes idées, eux et leur prédilection hautaine et conformiste pour les sciences dites dures, eux et leur morgue de moniteurs, leur arrogance de sachants – qui ne laissent aucune place à l'inventivité, à la poésie, à l'improvisation… Ce que je voudrais, moi, c'est un *autre* rapport au savoir. Et si l'école n'était pas tout à fait une affaire de savoir ?

J'ai trouvé en rentrant la réponse à mon recours. En gros, c'était non (avec beaucoup plus de mots que ça).

Ton complice,
Romain.

Chaudezat

Sous une pluie battante, tirant derrière lui une valise dont les roulettes hoquetaient contre les cailloux du chemin, Romain poussa un portillon et se présenta devant l'immense bâtisse grisâtre, bien plus large que haute, qu'on lui avait décrite. Les fenêtres innombrables étaient placées irrégulièrement, comme si un idiot avait choisi leur disposition au lancer de balle ; des fissures longues comme des éclairs achevaient de décorer la lugubre façade.

La porte s'ouvrit sur le seul habitant des lieux.

— Vite, vite, entrez.

Le logeur, un dénommé Grange, avait le visage rond et jovial d'un entraîneur de foot auxerrois, mais il portait mi-longs des cheveux gris et ondulés.

Voyant l'état de son pensionnaire, il ne perdit pas de temps en vaines paroles et lui indiqua sa chambre ; le jeune homme déposa sa valise dans un coin et, après avoir mis son manteau sur un cintre, s'allongea, vanné, sur le lit simple.

— Rejoignez-moi pour le dîner ? lança Grange par-delà sa porte. Je vous laisse vous installer.

Romain avait eu peu de temps pour trouver un point de chute à Chaudezat. Néanmoins, surmontant un mélange de flemme et de dégoût pour la chose pratique, il s'était pris par la main et avait contacté l'office de tourisme du canton puydômois. Une jeune femme à la voix flûtée s'était montrée assez curieuse de sa vie – pour ne pas dire inquisitrice. Ayant appris qu'il vivait encore chez ses parents et qu'il débutait dans la vie active, elle lui avait recommandé de prendre une chambre en pension chez Grange, afin disait-elle d'éviter le « choc thermique ».

— C'est un monsieur discret, qui habite dans l'ancien couvent des Ursulines, à l'entrée du village. Il vous cuisinera des repas. En plus, comme vous êtes fonctionnaire, il ne fera aucune difficulté avec le dossier. C'est vrai que ça rassure.

Cet aspect essentiel réglé, Romain avait dû se pencher sur la question de son voyage. Pour se rendre à Chaudezat en transports en commun depuis Bordeaux, il y avait plus de correspondances que pour Cayenne : il fallait prendre un train jusqu'à Paris, puis le métro pour changer de gare, remonter dans un second train jusqu'à Clermont-Ferrand, puis emprunter un car jusqu'à une gare routière située encore à un quart d'heure en voiture de Chaudezat – et, pour finir, prendre un taxi, faire du stop, ou marcher. Le tout prenait entre huit et neuf heures. « Tu n'as qu'à passer le permis », lui avait dit sa mère. C'est ce qui lui avait mis la puce à l'oreille : Romain s'était inscrit sur une application mobile de covoiturage et, verni de la chance du débutant, était tombé sur un trajet effectué par

Jonathan, trentenaire travaillant dans l'événementiel sportif et qui avait accepté de faire un détour par Chaudezat sur sa route pour Lyon. Ils avaient alors quitté la grande autoroute, avec ses panneaux verticaux couleur sépia (où l'essence d'une région, d'un territoire était saisie par la juxtaposition spatiale de ses éléments distinctifs, un fromage, un inventeur, un sport nautique), pour les routes en lacets et leurs modestes panneaux noirs, rectangulaires, aux coins arrondis, ceux des hameaux, ceux des lieux-dits.

Romain rêvait d'une petite sieste. Mais il commença par envoyer un texto à sa mère.

Voilà, bien arrivé. Comme promis ce petit message. N'essaie pas de m'appeler tous les jours, stp. Romain.

Puis il fit glisser son répertoire jusqu'au nom d'Henri et enregistra une note vocale.

— Bien arrivé, mon vieux… J'espère que toi aussi, à Toulouse. Me voilà donc à Chaudezat, village de mille habitants dans le Puy-de-Dôme, et non à Cayenne. Mais je l'aurai l'année prochaine. Je le promets. Quitte à débarquer au ministère avec une banderole s'ils me refont le coup du bug. Quitte à perdre mon concours et à devenir contractuel. Enfin, bref… J'ai rencontré le fameux Grange, l'unique habitant mais aussi le gardien de ce bâtiment, soi-disant un ancien couvent mais qui ressemble surtout à un énorme blockhaus gris. Au-dessus du bureau, dans ma chambrette, se trouve un portrait au daguerréotype d'un maire du village pendant le Second Empire, je vais te l'envoyer. Je te raconterai la suite, mais pour l'instant je ferais bien un roupillon…

Remis d'aplomb, Romain entreprit de vider sa valise. La chambre donnait côté sud sur le jardin. La salle de bain était encoignée au fond du couloir ; Romain alla s'y débarbouiller. Sur une commode qui pouvait avoir un siècle se trouvait un large pot en céramique au milieu duquel trônait un broc d'eau au bec verseur ébréché. Les murs du couloir étaient décorés de broderies sous verre ou de reproductions de peintures. Romain avait même aperçu une petite bibliothèque au rez-de-chaussée. Le bâtiment ne devait pas avoir tellement bougé depuis la dernière ursuline.

À l'heure du dîner, un Romain reposé descendait à la cuisine, où le père Grange était occupé aux fourneaux. La pièce, placée sous une rangée de solives, était ancienne mais fonctionnelle. Sur la porte du réfrigérateur presque antique, on trouvait une constellation d'aimantins à l'image des départements français ; ils dessinaient un pays morcelé, archipellisé.

Sentant une présence, l'amphitryon se retourna aussitôt.

— Bien installé, monsieur Romain ?

— Ça va.

Romain s'assit à table et baissa la tête vers son assiette. Son hôte y renversa une grande portion de la truffade qu'il avait préparée. Le jeune homme commença à dîner en silence, alors que le père Grange prenait place en face de lui, à l'autre bout de la table – comme si une épidémie particulièrement corsée les obligeait à prendre leurs distances.

Ayant piqué un morceau de pomme de terre avec sa fourchette, Grange la pointa vers Romain, et l'interpella :

— Vous qui êtes de la grande ville, ça doit vous faire un vrai dépaysement, un village comme le nôtre.

— Un dépaysement… ?

Romain, avec effort, leva le nez de son repas. Il plissa les yeux pour laisser le mot faire son chemin en lui.

— Vous savez, je devais être envoyé à Cayenne, en Guyane. Alors, votre dépaysement…

— Ah vraiment ? Mais c'est rude, ça, Cayenne. Ce n'est pas pour rien qu'on en avait fait un bagne…

Romain, qui dépliait et repliait sa serviette, avait les yeux dans le vague. Il répondit pourtant distinctement.

— Tel que vous me voyez, monsieur Grange, à l'heure qu'il est, je devrais être en train de descendre en pirogue les fleuves guyanais, sur les traces des sulfureux *garimpeiros*, ces orpailleurs clandestins qui sillonnent sur leur quad la forêt amazonienne… Je m'apprêterais à rencontrer des gamins pauvres, certes, mais riches de mille histoires, de mille vies que je ne vivrai jamais… Donc non, je ne peux pas me dire vraiment *dépaysé*, monsieur Grange. Physiquement, je suis avec vous, mais en pensée, je suis à sept mille kilomètres d'ici, en pleine jungle.

Le visage de son logeur était plein de sollicitude.

— Les histoires des gens vous intéressent, monsieur d'Astéries ?

— Les histoires des autres ? Bien sûr, énormément… À vrai dire, il n'y a que ça qui m'intéresse, les autres, dans les milliers de facettes par lesquelles ils diffèrent de moi…

Le vieux Grange sourit.

— Eh bien avec moi, vous allez être gâté, parce que j'en ai, des histoires. Tenez, par exemple : pour faire bouillir la marmite, ma mère travaillait à domicile pour une usine de sandows. Et, chaque matin…

— Oui, voilà, l'interrompit Romain, typiquement ce genre d'histoires. Les gens ont toujours vécu des choses extraordinaires, quand on se donne la peine d'écouter. Et imaginez seulement si vous aviez grandi loin d'ici, dans la jungle… !

Grange tint quelques instants dans les airs sa cuillère à soupe vide, puis la replongea dans son assiette.

— Alors vous êtes bordelais, reprit-il après un silence.

— Oui. Enfin aucune importance. Dites-vous que j'avais même acheté une moustiquaire pour la Guyane, et d'autres broutilles aussi…

— Je comprends votre déception si vous aviez engagé des frais.

— Ce n'est pas qu'une question de moyens.

Grange remit le couvercle sur le plat pour en conserver la chaleur.

— Je suis désolé, mais nous n'avons pas beaucoup de moustiques, ici. Enfin, un peu moins qu'ailleurs.

— Je devrais être sur une terrasse, à l'heure qu'il est… Un balcon sur le fleuve Oyapock… À regarder passer les pirogues…

— Il y a toujours moyen de louer un pédalo au lac de Servières.

Romain se gratta la joue et se servit en fromage ; son logeur avait sorti un plateau où trônaient saint-nectaire, salers et chèvreton.

— Si vous le souhaitez, reprit Grange, j'ai des tas de dépliants avec tout ce qu'il y a à faire et à voir dans la région. Il y en a pour tous les goûts : randonnées, musées sur le papier et le fromage, géologie, paléontologie, volcans, balades ornithologiques, un train touristique avec un dôme en verre, des parcours sur les écrivains et les peintres, ainsi que sur le cinéaste qui est né dans un village du coin, et que vous connaiss…

— Vous êtes bien gentil, mais je suis à Chaudezat pour travailler, dit sèchement Romain, qui semblait revenu à lui.

Le père Grange battit en retraite.

— Ah ! Bon, bon, dans ce cas… Vous, c'est le français, n'est-ce pas ? Vous serez peut-être intéressé par les livres que j'ai dans la bibliothèque en bas. J'ai récupéré de mon père une vieille collection des grands classiques reliés. Ce n'est pas une édition de luxe, mais…

— Je crois que je vais aller me coucher, trancha Romain.

Il avait à peine touché au fromage qu'il s'était servi.

— Vous coucher ? Mais… et mon dessert ? J'ai préparé une pompe aux pommes, une vraie spécialité !

Romain leva une main en signe de refus poli, puis plaqua l'autre sur son ventre pour en expliquer la raison.

D'une armoire en bois, Grange sortit une bouteille sans étiquette.

— Vous ne direz tout de même pas non à un petit digestif de la région ! C'est un alcool de gentiane. J'ai aussi un peu de châtaigne…

— J'ai du travail demain. Je dois préparer ma rentrée.

— Bon, bon, soit ! fit Grange.

Et il se servit une timbale de sa mixture.

— Une dernière chose, dit Romain en revenant sur ses pas. Mmm… De manière générale, je vous remercie de ne pas me déranger le soir, je travaille volontiers après le dîner.

Grange eut un sourire étrange et fronça les sourcils.

— Mais je n'en avais aucune intention, rassurez-vous.

Et ce fut lui qui tourna le dos à son locataire.

Après un court passage dans la salle de bain, Romain revint dans sa chambre en marchant pieds nus sur le jonc de mer, et se mit au lit. Il attrapa un essai sur la pédagogie qu'il avait commencé pendant le trajet en voiture, quelque chose de très contemporain, publié par une maison d'édition radicale. Mais il le reposa aussitôt pour s'emparer de son téléphone.

— Bon, mon vieux, la suite du sketch… Je suis allé dîner avec le père Grange. Un vague plat régional, pas mauvais… Mais le bonhomme lui-même, typique ! Il rapportait tout à son village, à sa cuisine, à sa région… L'Auvergne par-ci, l'Auvergne par-là… Mes recommandations, mes dépliants… Avec ces gens, c'est toujours « mes racines, ma maison, ma cuisine », et jamais les racines, la maison, la cuisine de l'autre. Penses-tu qu'il en aurait profité pour s'intéresser à la Guyane, non ! Toujours cette France qui s'enorgueillit – et rien au-delà de son ruisseau, de sa vallée… Le regard commence par soi, toujours. Et la curiosité, dans tout ça ? Bon, ce sont dix mois à tirer ici. Puis grandes vacances, et je débarque à Cayenne ! Après quoi, peut-être Mayotte, la Réunion… et enfin les lycées français de l'étranger. La vie est longue ! Et la nuit promet de l'être aussi.

Sur ce, il stoppa l'enregistrement, lut quelques pages et s'endormit ; un hibou ululait dans le lointain, à l'abri de la pluie.

Romain ne dormait jamais dans un nouvel endroit sans une première nuit peuplée de cauchemars. Et, bien que le lit fût bon à la pension de monsieur Grange, il n'y échappa pas : vers une heure du matin, une panique le tira de son sommeil. Ses jambes étaient humides de transpiration, comme s'il avait perdu les eaux, et son cœur battait à toute vitesse. Il descendit jusqu'au grand salon.

Derrière la vitre de l'insert émaillée de taches de suie, le feu de la veille terminait de s'éteindre. Romain, sans le quitter des yeux, s'assit dans le fauteuil qui tutoyait l'âtre. Aussitôt, il entendit un grondement féroce, et une forme se dégagea de sous ses fesses.

— Oh, pardon !

L'excuse lui échappa. Un chat noir au pelage piqueté de blanc s'ébroua sur le tapis avant de se redresser pour jeter à Romain un regard accusateur. Puis il tourna les talons avec un dédain impérial.

— Vous avez fait la connaissance de Sushi.

Romain sursauta à nouveau. Grange se trouvait à l'entrée du salon, appuyé contre le chambranle de la porte.

— Je vous ai fait peur ?

— Disons que je cherchais le calme après un mauvais rêve, grommela le jeune homme.

— Désolé.

— Et vous, pleine lune ?

— Insomnie. Vous verrez, Sushi a une particularité : c'est un chat somnambule.

— Tiens !

— Avec un peu de chance, demain, il aura oublié. Il vaut mieux pour vous, parce qu'il peut être rancunier.

— Mais comment savez-vous qu'il est somnambule ?

— Parfois, la nuit, il se promène en donnant des coups d'épaule dans les meubles, maladroit comme tout. Les somnambules font ainsi.

Après avoir fait un tour dans la cuisine pour se ravitailler, le chat somnambule revint dans le salon et, sans hésiter une seconde, sauta sur les genoux de Romain avant de s'enrouler sur lui-même à la façon d'une coquille Saint-Jacques.

— Ça alors ! Il vous a choisi, on dirait.

— Ma foi, répondit Romain, qui n'osait bouger.

— En revanche, gare à vous si vous essayez de vous lever pour le déloger de force. Enfin, c'est l'occasion de tester l'effet que font dix griffes plantées dans une cuisse !

— Pardon ? Mais c'est très contraignant, ça ! Et si je veux retourner dormir ?

— Rien ne vous empêche d'essayer, dit Grange avec un sourire mutin. Bonne nuit, monsieur Romain.

Et le vieux logeur se retira.

Romain essaya de bouger une jambe : le lent ronronnement se transforma aussitôt en feulement de menace. Les bras croisés, le jeune homme prit son mal en patience et finit par se rendormir dans le fauteuil.

La semaine fila comme un déjeuner de soleil.

Romain l'avait passée entre sa chambre et le jardin, à relire ses fiches, à échafauder des plans. Il n'avait guère eu affaire qu'à la coiffeuse, avec laquelle il avait fait le bougon ; reste que ses cheveux blond mayonnaise étaient admirablement coupés.

Arrivé en avance devant le collège Blaise-Pascal, il regardait maintenant entre les barreaux du portail le terrain de basket vide. L'établissement lui-même était noir et allongé, austère, en pierre de lave. Au-delà étaient les collines recouvertes de pins, toile de fond de tous les petits drames scolaires qui s'étaient joués dans l'enceinte de ces quelques centaines de mètres carrés depuis un siècle.

Une plaque en plexiglas était vissée à l'entrée. On y reconnaissait la silhouette stylisée de l'auteur des *Pensées*, accompagnée d'une citation :

L'imagination a ses fous et ses sages, et rien ne nous dépite davantage que de voir qu'elle remplit ses hôtes d'une satisfaction bien autrement pleine et entière que la raison.

— Alors, blondin, on rêvasse ?

Un coup de klaxon derrière Romain lui fit faire un bond de côté. Le portail coulissa alors silencieusement pour laisser passer une guimbarde blanche et cabossée conduite – Romain le devina – par la principale de l'établissement. Celle-ci traversa le terrain de basket pour aller se garer sur la place qui lui était réservée.

Sa sortie du véhicule fut harmonieuse comme une désincarcération. La portière ouverte, la principale fit entrer son cou entre ses épaules pour effectuer un quart de cercle avant de déployer lentement son corps massif. Dans une publicité ringarde, elle eût profité de l'instant pour faire ruisseler sa longue chevelure ; mais elle était coiffée à la garçonne, une teinture rouge en guise de folie. Pour le reste, et malgré la chaleur encore accablante en cette fin d'été, elle portait un costume en velours côtelé vert émeraude, ainsi que des brodequins en box-calf. Romain, lui, portait ses habituelles Wallabees en daim, mais le reste de sa mise était plus commune, un pantalon en toile, une chemise à col mao.

— Eh bien, vous venez ? Ou vous allez rester planté là ? aboya-t-elle.

— J'arrive, j'arrive. Bonjour, madame…

Elle lui serra la main d'une drôle de manière, penchée légèrement en arrière comme si ce simple geste la déséquilibrait.

— Combes. Et c'est *mademoiselle* ! Vous êtes monsieur Bedenne, c'est ça ?

— Euh, non… d'Astéries !

— Ah oui, le français. Bedenne, c'est le nouveau prof de sport ! J'aurais dû m'en douter… Allez, en route.

Ayant attrapé dans son coffre une canne en bois semblable à un makila basque, elle accompagna Romain avec des ahans vers l'entrée du collège, jetant devant elle à chaque pas cette béquille dont elle cachait le pommeau au creux du poing, et qui claquait au sol après les semelles de ses brodequins, évoquant moins les rigoureuses valses à trois temps que l'asymétrique triolet sur une partition binaire.

— Puisque vous êtes en avance, on va faire un tour dans mon bureau.

— En tout cas, j'aime beaucoup votre deux-chevaux, dit Romain.

— Ma deux-chevaux ? (Elle se retourna vers lui.) Mais enfin, c'est une 4L ! Je l'ai rachetée à la gendarmerie quand ils sont passés au modèle au-dessus… et je l'ai repeinte en blanc, évidemment.

Romain se tut. Il suivit docilement son imposante guide jusqu'au premier étage, dans une traînée vert émeraude.

— Il faudra que j'aille voir le garagiste, d'ailleurs, continua-t-elle en entrant dans son bureau. Le démarreur commence à être un peu fatigué…

Sur un mur latéral se trouvaient accrochés un diplôme et deux ou trois médailles en tout genre. Combes s'assit dos à la fenêtre, qui encadrait aussi parfaitement les collines environnantes qu'un tableau de la Renaissance. Quand Romain prit place en face d'elle, elle lui apparut encore plus massive, comme si elle absorbait toute la lumière des environs.

Elle regarda sa montre, puis plongea son regard dans celui de Romain.

— Je vais aller droit au but, monsieur d'Astéries. J'ai appris que notre région n'était pas votre premier choix. J'ai appris que vous rêviez d'aller au bout du monde…

— Comment le savez-vous ? répondit Romain du tac au tac.

Elle écarquilla les yeux.

— Vous vous doutez bien que j'ai accès au DELF.

— Ah oui, le DELF, forcément…

La principale aimait parler – Romain la laissa faire, ce qui lui donna le temps de l'examiner, malgré le contre-jour. Elle portait la soixantaine gouailleuse, les lunettes sévères, de sorte qu'il fallait s'approcher pour lui voir des ridules au coin des yeux. Son philtrum à la fois très long et très creux, qui venait s'achever en gouttière au-dessus de la lèvre supérieure, lui donnait l'air dédaigneux d'un capibara.

Combes espérait que Romain ne se laisserait pas abattre par l'erreur d'aiguillage qu'il avait connue, qu'il ferait confiance aux hasards de la vie.

— Savez-vous que je ne suis pas d'ici non plus ? continua-t-elle, enjouée. Je suis de l'Ain, à l'origine. Bourg-en-Bresse !

— Heureux de l'apprendre.

— Une question bête, dit-elle en changeant soudain de ton. Vous n'espérez pas, parce que vous venez de la grande ville, que l'on vous déroulera le tapis rouge, n'est-ce pas ? Ici, on ne fait pas dans l'orgueil…

— Euh, non… Quelle idée…

Romain était devenu rouge comme un tapis.

— Parfait ! Vous allez vous plaire, ici. Si je peux me permettre un conseil, monsieur d'Astéries, ajouta-t-elle, ne vous complaisez pas dans le regret. Nous aurons vraiment besoin de vous, ici. En chair et en os. Pas de quelqu'un qui a les pieds en Auvergne, et la tête en Guyane !

— Entendu, répondit Romain après un temps.

— Allez, dit mademoiselle Combes en tapant dans ses mains comme pour mettre fin à une hypnose. On ouvre un œil neuf ! On actualise ! On rafraîchit la page !

L'heure de la réunion de rentrée approchait. Elle ferma à clé son bureau et mena Romain en salle des professeurs, où ils furent rejoints au fur et à mesure par les autres enseignants. Quand tout le monde fut assis autour de la table, la principale alla ouvrir grand la fenêtre pour laisser entrer le soleil, sous forme de rayons.

— Bien, maintenant que vous êtes tous là, je vous demande d'accueillir Romain d'Astéries, qui va épauler Alain…

Alain, l'autre professeur de français du collège, un moustachu qui approchait de la retraite, se contenta d'un haussement de sourcils de connivence. Et tous les autres de proclamer :

— Bonjour, Romain !

— Nous souhaitons aussi la bienvenue à un nouveau professeur d'éducation physique et sportive, Fabien Bedenne. Comme Romain, il effectue chez nous sa première année en tant que titulaire.

Le jeune homme aux yeux clairs, dont la mâchoire carrée était hérissée de poils, se tenait assis en bout de table ; il fit un petit signe de main. Frappée par sa beauté, l'assistance ne lui rendit son salut qu'après une latence.

De toute la réunion, Romain ne leva pas tellement le nez de sa feuille, sinon pour fixer quelques secondes la tache de vin qu'avait sur la joue la jolie professeure de mathématiques. Il ne fut pas davantage attentif quand mademoiselle Combes, une fois passées les formalités – l'ancien prof de sport, Franck, avait envoyé une carte postale de Tourtour, il faudrait envisager une réponse collective –, se lança dans un discours napoléonien sur l'année à venir, sur l'importance de l'accueil des sixièmes et l'horizon du brevet pour les troisièmes. Romain n'aurait, lui, que la cinquième et la quatrième : peut-être pour ne pas le mettre à l'écart, la principale ajouta que la cinquième et la quatrième étaient des « années clés ».

Puis la sonnerie retentit. La principale s'était laissée emporter par sa harangue, et les cours allaient commencer. Très vite, on remit à Romain son emploi du temps et la professeure de mathématiques, portant de longs cheveux châtains et une chemise de bûcheron canadien, insista pour l'accompagner jusqu'à la salle où il donnerait son premier cours, celle des quatrièmes. Elle lui montra le mécanisme d'ouverture des fenêtres et le branchement du rétroprojecteur.

— En tout cas, bonne chance, dit la dénommée Julie. Et, juste… J'ai vu que tu avais une trousse

Roland-Garros. Tu es classé ? Si ça te dit, on va souvent jouer avec…

— Ah non, fit Romain. C'est une trousse que j'ai gardée du collège, mais je ne m'intéresse plus du tout au tennis.

— D'accord ! Dans ce cas.

Et elle fila sans demander son reste.

Romain, lui, alla se poster devant la fenêtre, d'où il observa les élèves grouillant dans la cour, comme un acteur de théâtre qui épie son public avant de monter sur scène. En pagaille, ils s'engouffraient dans l'établissement ; les premiers n'allaient pas tarder à franchir la porte de la salle. Romain l'ouvrit de lui-même et s'en revint aussitôt à son bureau, entendant déferler derrière lui la colonie sérieuse de vingt-six élèves, agrippés aux bretelles de leur sac à dos. Chacun choisit une place et s'y tint, tandis que leur professeur écrivait son nom au tableau.

Puis, lentement, Romain se retourna vers eux et leur dit :

— Bonjour, les enfants. Je m'appelle Romain d'Astéries.

La porte de la classe, dans sa partie supérieure, était en verre granité ; cette vitre était située suffisamment haut pour que seule une géante telle que mademoiselle Combes pût y passer une tête. Et, de fait, le jeune homme ne tarda pas à y apercevoir furtivement le visage de la principale, monstrueusement déformé par le verre en mosaïque comme s'il avait été recréé par une intelligence artificielle.

Sans cacher sa lassitude, Romain s'empara de la liste d'appel. À l'énoncé de son nom, chaque élève devait lever la main.

— Allez, on y va. Aullezac, Berenyss. Aullezac, Timéo. Jumeaux ? (Il s'arrêta un instant.) D'accord. Barbe, Florent. Barthe, Thérèse. Bazin, César. Bellavoine, Lucas. Blachier, Cindy. Calippe, Astrid. Capelade, Rémi. Casalis, Anita. Comolet, Alexandre. Couderc, Jeannot. Dary, Pia. Dorval, Albert. Fanichet, Arthur. Goumy, Enzo. Le Guirrec, Daniel. Le Preux, Laure. Logeausson, Étienne. Popescu, Jeanne.

Romain s'arrêta d'égrener les noms et soutint le regard de la jeune fille qui venait de lever la main.

— Tiens donc, s'exclama-t-il. « Popescu ».

— Euh… Oui, monsieur.

— *Popescu* ! Je le prononce bien ? Vous me dites.

L'adolescente haussa les épaules. La noirceur de ses yeux, qui avait quelque chose de bravache, était balancée par la douceur de son sourire.

— Bien, bien, fit-il enfin. Il ne faut pas hésiter à me corriger, surtout. Renié, Isaure. Rony, François. Tournebize, Anna. Verdier, Thomas. Vignaud, Brendan. Vigneron, Vincent.

Tout le monde était là. Romain referma le cahier d'appel et se mit à arpenter les rangs de la classe, prêtant une attention particulière aux panneaux pédagogiques ; l'un d'eux était consacré à la diversité des coquillages. Puis il remonta sur l'estrade, s'assit d'une seule fesse sur son bureau et, après avoir regardé longuement par la fenêtre, prononça quelques mots généraux sur l'importance de la classe de quatrième.

Quand l'heure fut passée, et qu'il l'eut remplie de mots, Romain ramassa son stylo, referma son carnet, mit tout cela dans sa sacoche et attendit que tous les élèves eussent quitté la salle.

Jeanne Popescu se trouvait parmi les dernières. Elle ouvrit son casier pour y déposer des fournitures scolaires, et y récupérer un livre personnel, qu'elle glissa dans son sac à dos.

Romain eut le temps d'apercevoir son titre, écrit sur le dos en lettres rouges sur fond jaune :

Arazu.

Une fois ses cours inauguraux de l'après-midi terminés, Romain entreprit de rentrer chez lui. Mais, alors qu'il traversait la cour du collège, il sentit qu'on lui tapait sur l'épaule.

— Hé !

C'était Fabien Bedenne, le nouveau professeur de sport.

— Ah, salut.

— Dis, ça te dirait de prendre un verre au village ? demanda Fabien avec un fort accent béarnais.

Romain haussa les épaules. Au café ou ailleurs, qu'importe ? Ils passèrent le portail de l'établissement.

Une voiture stationnait devant, moteur allumé, vitre baissée côté conducteur ; la fumée d'une cigarette s'échappait de l'habitacle, et un bras poilu et musculeux était accoudé à la portière. L'ombre prenait naissance de façon si nette au milieu du biceps que ce membre paraissait dépourvu de propriétaire, malgré la main d'artisan qui le concluait, une clope entre deux doigts ; l'illusion se dissipa lorsque Fabien et Romain entendirent une voix tonitruante appeler, depuis l'intérieur de la voiture :

— *Puişor !*

Les deux professeurs se retournèrent assez vite pour voir Jeanne Popescu passer à son tour le portail, traverser la rue et s'engouffrer dans la voiture. Le véhicule les dépassa ensuite à toute vitesse avant de tourner au coin de la rue en pétaradant.

— Tiens… murmura Romain.

Et ils se laissèrent descendre jusqu'au café-restaurant de la place du village, « chez Henriette ». Le nom était imprimé sur le lambrequin du store banne. La fameuse Henriette, à plus de 80 ans, apportait toujours en salle le café filtre servi dans de larges tasses en verre teinté et sur des tables en formica. Les gens du village lui prêtaient un petit rôle dans un film de la Nouvelle Vague, tourné par là quarante ans auparavant.

— Ah, ça fait du bien, dit Fabien, assis devant une bière, avec le même accent que cinq minutes plus tôt.

Romain sirotait son Coca. Il parut puiser dans ses dernières ressources pour relancer :

— Ça fait longtemps que tu es arrivé ?

— Hier ! répondit Fabien d'un air lumineux.

Romain scruta son interlocuteur. Sa tête, aussi parfaitement proportionnée que celle d'une statue chryséléphantine, paraissait vierge de toute idée noire, ou même simplement négative. Ses yeux, qu'il faisait cligner plus souvent qu'à son tour, étaient ouverts à leur paroxysme, sans malice aucune.

— Je loue une chambre dans le village, compléta le jeune professeur de sport.

— Bon. Et ta première journée s'est bien passée ?

— Tranquille, répondit Fabien. Je me suis présenté et je les ai fait un peu courir pour commencer. Ça marche toujours… Enfin, ça court !

Il rit de son propre mot d'esprit.

— Mmm, fit Romain.

— Et toi ?

— Oh, tu sais, surtout du blabla pour l'instant. On n'est pas encore entré dans le vif du sujet.

— Dans le quoi ?

— Le… le vif du sujet, répéta Romain plus lentement.

— Ah ouais, d'accord, je vois très bien.

Au même instant, Julie, la prof de maths à la chemise de bûcheron, passa devant la terrasse. Reconnaissant ses deux collègues, elle leur fit un signe de la main. Puis elle rejoignit sa voiture, garée sur la place, et disparut dans le virage.

— Purée, alors elle, c'est quand elle veut ! s'exclama Fabien, suffisamment fort pour être entendu de la tenancière.

— Euh… pardon ? répondit Romain, d'une voix étouffée.

— La prof de maths, là ! Elle a quoi, 35 ans ? 40 ? T'sais quoi, je m'en balance !

Soudain, Fabien éclata de rire, emporté par l'incongruité de ses propres paroles, et se pencha en avant. Quand il se releva, il avait les larmes aux yeux.

Romain ne sut répondre autre chose que :

— Plutôt 30, je pense…

Dans un soupir, il appuya sur le bouton central de son téléphone pour afficher l'heure : 13 h 42.

Le regard de Fabien avait suivi le mouvement du doigt.

— *Treize heures quarante-deux ?!* T'es pas *très, très* ponctuel, je crois ! fit-il en pouffant une nouvelle fois.

— Ah non, oublie, répondit sèchement Romain, tu ne peux pas comprendre. Mon téléphone est à l'heure guyanaise.

— À l'heure de la Guyane ? Mais pourquoi ?

— Il se trouve que je devais y être affecté, et finalement je suis là, à cause de... Non, laisse tomber en fait. Dis-moi, Fabien... (Romain eut l'air d'être traversé par un foudroyant *eurêka.*) Tu as apprécié, toi, ton passage à l'institut de formation ?

— L'ÉSPÉ, tu veux dire ? Euh... Pas trop, enfin... Fallait le faire, quoi...

— Mais tu n'as pas *détesté.*

— C'est vrai...

— Tu as même plutôt bien aimé ? insista Romain, les yeux brillants.

Fabien se redressa et regarda dans le lointain, d'un air concentré, comme si on allait lui demander de réciter de tête son numéro de sécurité sociale.

— Oui, plutôt bien aimé. Certaines idées n'étaient pas mal... Quand ils parlaient de déconstruire l'enseignement, ou bien de co-construire, un truc comme ça...

— Exactement, co-construire. Dis-toi, j'avais un ami à l'Institut, Henri, qui trouvait ça ridicule... !

— Ah, bah...

— Voilà, je suis d'accord avec toi, ça n'a rien de ridicule, répliqua Romain à toute vitesse.

— J'avoue.

Fabien scannait au périscope tous les coins de la place du village, au cas où la prof de maths repasserait avec sa voiture.

— Tu sais quoi ? dit Romain, échauffé par cette minuscule trahison. Tu as raison : dans le fond, Henri a un côté bourgeois.

— Hein ? Mais je n'ai jamais dit…

— Toi et moi, Fabien, on va avoir beaucoup à faire, conclut Romain avec chaleur.

Et il héla la tenancière pour lui demander l'addition.

Jeanne Popescu sortait des toilettes de l'école quand elle vit son professeur de français et son professeur de sport quitter ensemble le collège, par le grand portail. Pour les laisser prendre de l'avance, elle voulut attendre une minute de plus.

Mais elle entendit une voix familière – celle de son père – qui l'interpellait.

Quelques élèves qui traînaient encore dans la cour tournèrent la tête vers elle, alors qu'elle lissait machinalement sa frange avant de se précipiter vers la voiture pour éviter que son père ne recommence.

Assise à la place du passager, elle jeta son sac à dos sur la banquette arrière. Puis elle croisa les bras, agacée.

— Papa ! Je t'ai déjà dit de ne plus me surnommer comme ça, encore moins devant tout le monde.

— Tout le monde ? dit son père en actionnant son clignotant. Il n'y a plus personne, ma chérie. Et de toute façon, qui saurait que cela veut dire « poussin » en roumain ?

— Pfff.

Le père de Jeanne, Bogdan, avait donné à sa fille ses yeux sombres et profonds, mais pas sa peau cuivrée ni ses mains d'artisan, qui n'eurent à tourner le volant qu'une dizaine de fois pour les déposer devant chez eux, au 2, passage Cervantès.

— Quand même, on ne dit pas un petit merci à son papa, qui est passé chercher sa fille le jour de la rentrée ?

— *Mer-ci,* articula Jeanne avant de sortir de la voiture.

Et elle s'engouffra dans sa chambre, pour téléphoner à son amie Laure qu'elle avait quittée vingt minutes plus tôt, non sans donner un coup de coude involontaire en montant l'escalier à la photo de sa grand-mère Doïna – une dissidente qui avait fui la Roumanie avec ses jumeaux en bas âge au début des années 1960.

Une musique provenant du rez-de-chaussée fut le prétexte que saisit Jeanne pour raccrocher.

La cigarette sans cravate
Qu'on fume à l'aube démocrate…

Les chansons de variété française, ces chansons de « bouffeurs de curés » ainsi qu'il les appelait (Jeanne avait cru toute son enfance qu'il s'agissait de musique cannibale), accompagnaient partout son père comme une fragrance.

Jeanne finit par le trouver dans la buanderie, affairé devant un coin surélevé qui lui servait d'atelier.

Bogdan était navibotelliste : son loisir à lui consistait à construire des maquettes de bateaux dans des bouteilles en verre. Suite naturelle de l'habileté qu'il déployait pendant la journée, car Bogdan travaillait pour un atelier qui fabriquait des parapluies. Il était entré dans le métier en un temps où le parapluie auvergnat régnait encore sur l'Europe ; aujourd'hui, il était un des derniers artisans de France à posséder le savoir-faire nécessaire pour réaliser un parapluie de toutes pièces, depuis le choix du pommeau jusqu'à la découpe de la toile.

— Elle rentre tard, maman ? lança la jeune fille.

— Pour le dîner, répondit simplement Bogdan sans lever le nez de son ouvrage.

Visiblement, son père n'avait pas le temps de s'occuper d'elle. Elle remonta dans sa chambre et sortit de son sac sa lecture du moment. *Arazu*, du nom de son héros, était un manga japonais qui se déroulait dans le monde de l'athlétisme : un jeune homme affrontait les épreuves du stade et, en parallèle, celles de la vie. Jeanne aimait ce manga qui parlait de son sport, trop peu représenté dans la fiction.

Quand, une heure plus tard, elle entendit la porte d'entrée claquer et un trousseau de clés atterrir dans un vide-poches, elle dégringola les marches jusqu'en bas.

Sa mère était déjà affalée dans le canapé, épuisée.

— Ma chérie !

Inès Popescu, née Belot, était infirmière libérale. Elle sillonnait dans sa Micra les routes du Livradois-Forez et soignait, pansait, recousait. C'est dans le cadre de ses fonctions qu'elle avait rencontré Bogdan des années auparavant, alors que celui-ci s'était ouvert la main avec un massicot à l'atelier.

— Est-ce qu'on peut avoir de la moussaka au dîner ce soir ? demanda Jeanne en se collant contre sa mère.

— Oh, j'allais proposer un dîner céréales, mais si tu veux, ma chérie. Tu sors la moussaka du congélateur ?

Personne ne pensa à mettre une nappe et ils dînèrent à même le bulgomme. Après quelques minutes à se plaindre d'un patient vraiment pénible – un vieux monsieur qui arrachait ses perfusions et refusait d'arrêter de fumer –, Inès se tourna enfin vers sa fille :

— Au fait, l'athlé, c'est toujours le mercredi cette année ?

— Sais pas, dit Jeanne, la bouche pleine de moussaka. Il faut que je voie avec mon nouvel emploi du temps.

— Oh, pardon, ma puce ! dit Inès en se frappant le front. J'en avais oublié ta rentrée. On se fait de telles journées…

— Ah, bah *enfin* ! répliqua Jeanne. Papa est venu me chercher au collège mais il ne m'a posé aucune question.

Bogdan reposa sa fourchette et se leva pour aller asticoter sa fille en lui chatouillant les côtes.

— Hisse, ma fille ! Je veux *tout* savoir de cette rentrée.

— Arrête, papa, tu me fais mal. Alors, déjà, Laure s'est fait un piercing pendant les vacances. Je le savais, mais il est encore mieux en vrai. Quand est-ce que je pourrai me faire percer les oreilles, moi ?

— On verra, dit sa mère.

— Vous dites *toujours* ça ! répliqua Jeanne. Bon, et sinon, il y a un nouveau prof de sport.

— Il est beau gosse ? fit Bogdan.

— Fous-lui la paix, dit Inès.

Jeanne était devenue écarlate sous sa frange.

— Ça veut dire oui, dit Bogdan.

— *Bref*, coupa Jeanne, il y a aussi un nouveau prof de français.

— Ah oui ?

— Oui. Mais il avait l'air déprimé, ou en tout cas très ennuyé.

— Peut-être une erreur de casting, marmonna Bogdan.

— Peut-être. D'ailleurs, il s'est arrêté sur mon nom de famille en faisant l'appel.

— Ah bon ? fit Bogdan brusquement.

Il plissa les yeux, l'air méfiant.

— Oui, répondit Jeanne en haussant les épaules. Je ne sais pas, il a eu l'air de trouver que c'était un drôle de nom.

— Un drôle de nom ? renchérit Bogdan. Ça alors. Je serais curieux de savoir ce que ce monsieur trouve de si *drôle* à notre nom.

— Ça va, on se détend… voulut apaiser Inès.

— Jeanne, insista Bogdan. Ne laisse jamais, jamais quelqu'un te faire une remarque sur ton nom. Souviens-toi de Lonsonier, qui nous harcelait à l'école primaire avec ton oncle. « *Popes-cul*, tête de cul », tous les jours, jusqu'à ce qu'on le coince dans les toilettes, et qu'on…

— Et que vous lui mettiez la tête dans la cuvette, je sais bien, papa. Tu peux me le raconter une *douze millième* fois, s'il te plaît ?

— N'empêche qu'après, il nous a fichu la paix, lâcha Bogdan en se tamponnant la bouche avec sa serviette.

— Ça aussi, je le sais. Mais là, ce n'est pas du tout pareil, c'était gentil. Il voulait *juste* bien le prononcer.

— D'accord, chérie. C'était gentil. Mais fais gaffe, je te dis.

Et il attrapa les couverts de service pour une deuxième ration de moussaka, sous le regard sévère de sa femme.

Leurs consommations réglées au comptoir de chez Henriette, Romain regarda Fabien partir de son côté, remit sa sacoche en bandoulière et se laissa glisser le long de la rue Sidoine-Apollinaire, comme s'il descendait des rapides en pirogue. En levant les yeux, il contempla le ciel rose encore pommelé où une tourterelle se faisait porter par des courants d'air chaud ; l'orage glacé de la semaine précédente avait cédé la place à une douce fin de saison. Romain sourit. Il semblait ne rester rien de son aboulie passagère.

Il fit le tour de l'église pour passer à la supérette, où il acquit du dentifrice, du fil dentaire et une pommade contre les aphtes. Il fit un saut chez la marchande de journaux, et un détour par la boulangerie pour y acheter un sachet de financiers (nature, framboise, chocolat, pistache) à offrir au père Grange.

Les commerçants fermaient leurs portes, les ouvriers agricoles revenaient des champs. Romain bifurqua par des petites rues où l'on accrochait du linge dehors, à la napolitaine ; sur le passage du nouveau professeur, pour l'observer peut-être, on écartait un rideau de tulle, la dentelle d'un brise-bise.

Romain prit une dernière venelle aux façades peintes en bleu, en rose, en vert, avant de rejoindre l'ancien couvent du père Grange. Celui-ci s'était mis aux fourneaux : il avait préparé pour eux une truffade au saindoux, faisant filer plutôt que la tomme fraîche le cantal entre-deux parmi les pommes de terre dorées et l'ail écrasé. Quand ils furent repus, et que Romain eut offert les financiers au moment du dessert, il monta dans sa chambre où Sushi était enroulé en position fœtale, au creux de la couette. Quelques caresses plus tard, alors que le jeune homme voulait le prendre dans les bras, le chat s'enfuit aussitôt en feulant pour se réfugier sur la chaise de bureau. Haussant les épaules, Romain se mit à feuilleter les fiches de présentation fournies par les élèves, puis s'allongea et attrapa son téléphone.

— Mon vieux, j'ai écouté ton message avant d'aller au collège pour mon jour de rentrée. Tu me dis que tu penses bien à moi dans mon trou paumé. C'est gentil, mais ce n'est pas complètement juste, je me suis un peu promené et… Le village est quand même achalandé… Il y a une maison de la presse, une pharmacie, une boulangerie notamment. Et puis la baraque du père Grange n'est pas mal quand on passe côté jardin, je t'enverrai une photo. Sur le collège lui-même, que dire ? La principale n'est pas triste. Une femme sans âge, ou plutôt sans époque… Un costume vert qui lui va comme un uniforme… Clairement une va-t-en-guerre… Avec une *certaine idée* de l'éducation… ! Elle nous a infligé un discours martial à base de troupes et de batailles… On sent que son monde est bien réglé, avec ceux qui savent (les profs) et ceux qui ignorent (les élèves). Elle m'a parlé du centenaire du collège que l'on fêterait début décembre, je sens venir le prétexte à une immense autocélébration réactionnaire, le genre de trucs que mon père pourrait adorer, où l'on se félicite pour la qualité de son enseignement, pour ses méthodes absolument violentes, et d'ailleurs ignorantes de *toute* la recherche en pédagogie de ces cinquante dernières années… Et puis, on se rengorge de *nos* méthodes, de *notre* enseignement, sans se demander : comment font-ils en Laponie ? Comment pourrait-on s'inspirer de l'école angolaise, urugayenne ? Et je ne parle même pas de résultats mais d'ouverture à l'autre, de curiosité… Mais tu sais quoi ? Sentir une telle opposition m'a galvanisé. Comme si ma présence ici avait un sens… Je perçois qu'on a besoin de moi. Et puis…

Il laissa passer quelques secondes, jouant avec le cadran de sa montre, qui tournait sur lui-même avec un bruit de crécelle.

— … Tu sais quoi ? Je ne suis pas le seul nouveau ! Il y a également un prof de sport flambant neuf, Fabrice. Non, Fabien – pardon. On est allés boire un coup après les cours. Pédagogiquement parlant, je peux m'en faire un allié : il a adoré son passage par l'Institut et autant te dire que c'est un esprit original, sur qui le conformisme n'a pas prise. Tant mieux, car il y a beaucoup à faire.

Romain sourit et reposa le téléphone contre sa poitrine. Puis il se leva pour aller ouvrir au chat qui avait quitté la confortable chaise de bureau et grattait maintenant contre la porte, debout sur les pattes arrière.

— Quant aux élèves, je suis agréablement surpris, mon vieux. Dis-toi qu'en arrivant ici, je pensais tomber sur une batterie de faces de craie, qui attendraient le bec entrouvert qu'on vienne y déposer un vermisseau de savoir. La réalité est plus nuancée, plus bigarrée même : la classe accueille une petite Roumaine, qui s'appelle Popescu. J'ai vu du coin de l'œil qu'elle lisait un livre en roumain, quelque chose comme *Azaru* ou *Arazu*. Et son père est passé la chercher en voiture, j'ai l'impression que ça parle roumain à la maison. Quel incroyable défi ce doit être pour elle de s'adapter à notre culture, à notre système… Et je dois dire que ça fait du bien, parmi tous ces noms rocailleux, un nom comme ça, un peu chatoyant, un peu différent… Mais je te laisse, camarade, je ne vais pas tarder à me coucher.

Et Romain lut encore cinq minutes au son des loirs qui galopaient dans les combles.

Alors qu'il s'apprêtait à éteindre la lumière, il remarqua au-dessus de son lit un panneau en liège, accroché par un clou. Grange avait promis de lui en dénicher un dans son débarras.

— Oh, chouette !

Le jeune homme se releva pour aller chercher dans sa valise un tas de cartes qu'il avait imprimées lui-même, enserrées par un élastique : les cartes représentaient les plus grands penseurs de l'éducation. Il fouilla à nouveau dans sa valise pour en extraire une dizaine de fléchettes, empruntées discrètement à la maison du cap Ferret. Après quoi, Romain enfila la première image sur la pointe effilée d'une fléchette et se plaça à deux mètres de son lit.

— Alors comme ça, Virgile, dit-il à voix haute tout en répétant le mouvement avec son poignet, on compare les enfants à une « masse de chair lourde et sans politure » dans ses *Géorgiques* ? Pas très poli, ça ! « Manie la cire pendant qu'elle est molle, abreuve de bonnes liqueurs le vaisseau pendant qu'il est neuf, teins le drap tandis qu'il sort tout blanc du foulon » ? C'est bon, on a compris, il faut formater les esprits ! Pourtant apprends que l'élève n'est pas une page blanche à la naissance, puisque s'y trouve déjà la bienveillance, qu'un bon éducateur devrait chercher à révéler.

Et… *tac !*

Romain envoya la fléchette clouer net le portrait de Virgile dans le panneau en liège. Puis il enfila l'image suivante sur une nouvelle fléchette.

— Ah, Plutarque, à ton tour… Alors toi, avec les gosses, tu préconises de « conseiller et parler » plutôt que de « frapper et maltraiter »… C'est tout à ton honneur ! Mais quand tu affirmes que « les pères doivent se présenter à leurs enfants comme des exemples éclatants », tu ne trouves pas que cette révérence obligatoire a des relents nauséabonds ? (*Tac !*) Alors, Érasme, à quinze siècles près, on a à peu près les mêmes idées que l'ancêtre, pas vrai ? C'était bien la peine d'attendre aussi longtemps pour réchauffer les mêmes vieilleries dans ton *De Pueris*… Et quand tu compares à un père infanticide celui qui « baille à son pays un citoyen pestilent et pernicieux », là c'est le pompon ! Déjà, essaie un peu de définir « pernicieux » ou « pestilent » ? Chacun son interprétation. (*Tac !*) Au suivant ! Montaigne, tiens. Alors, le coup de la tête bien faite plutôt que bien pleine, bravo ! Un des mantras de l'Institut. Et bien vu, cette tendance des professeurs à « criailler à nos oreilles, comme qui verserait dans un entonnoir »... Mais quand tu compares l'enfant à une plante verte qu'il faudrait entretenir, pour la dignité on repassera ! Et qu'on ne se hasarde pas à te demander ce que tu juges être l'éducation idéale... « Il faut, écris-tu, rompre l'enfant à la peine et âpreté de la dislocation, de la colique, du cautère, de la geôle et de la torture. » Mais c'est un programme pour un soldat, ça ! C'est le fascisme que tu veux ? (*Tac !*) Mais qui voilà ? Notre bon Rousseau ! Qui déclare qu'il « hait les livres » ! Qui prône de « resserrer le plus possible le vocabulaire de l'enfant » ! Qui refuse que l'on enseigne à un petit curieux pourquoi un bâton plongé dans l'eau apparaît courbe ! Que ce petit curieux le devine lui-même, quitte à ne jamais le savoir ! Plutôt l'ignorance que l'imposition verticale d'une supposée connaissance. Toi, tu as su deviner avant tout le monde les bienfaits de la classe en plein air... C'est d'ailleurs lors d'une promenade que tu as eu l'*eurêka* de la bonté congénitale de l'homme, à des kilomètres du premier bipède qui plus est. À toi aussi, l'altruisme de ne pas vouloir alourdir l'autre d'un fardeau dont tu es lesté toi-même : le vocabulaire, la grammaire, l'excès de civilisation... Tout cela est très bien, mais qu'avais-tu besoin d'aller raconter dans tes *Confessions* ton désir d'être fessé ? Voilà qui ne fait pas avancer la cause…

Romain lança la fléchette, mais elle rata le panneau en liège et tomba derrière le lit.

— Et zut.

L'acclimatation de Romain à Chaudezat fut rapide : en quelques semaines, avant les vacances de la Toussaint, il trouva ses marques de jeune professeur, avec l'aisance qu'il avait patiemment acquise comme stagiaire à Bordeaux. Mais il n'était plus stagiaire, et entendait le faire savoir.

Il commença par bouleverser un peu ses classes trop bien rangées. Au début de chaque cours, on devait prendre deux minutes pour tout « éclater » ; non pour adopter une forme particulière, prédéfinie, comme un U ou un amphithéâtre, mais avant tout pour ne plus subir cette « classe-autobus » qui, ainsi que Romain l'avait retenu de l'Institut, « bloquait les énergies » dans un sinistre alignement que connaissaient les ouvriers rivés aux lignes d'abattoirs. Ainsi *aligné*, on ne pouvait qu'ânonner des vérités toutes faites, rassurantes, confortables. Il fallait donc bousculer les choses, penser non aligné. Mais à la fin du cours, on prenait à nouveau deux minutes pour les remettre en ordre et camoufler le forfait.

Romain voulut ensuite, conformément aux préconisations de l'Institut pour animer la vie de classe, mettre en œuvre un *projet*. Un projet était la seule manière d'éviter l'ennui chez les élèves, dont on surveillait l'attention et la curiosité comme le lait sur le feu.

Il alla d'abord trouver l'autre professeur de français du collège, Alain. Peut-être pouvaient-ils envisager un projet commun, avec les sixièmes et les troisièmes ?

Alain n'y alla pas par quatre chemins.

— Non. Lancez un élevage de punaises de lit si ça vous chante, de mon côté j'ai du travail. Enseigner le français, notamment.

Le jeune homme repartit les sourcils froncés, mais sans colère. Il n'était pas surpris. Les formateurs de l'Institut avaient prévenu leurs stagiaires : tortueux était le chemin de la pédagogie positive et innovante. En choisissant de l'emprunter, ils rencontreraient beaucoup d'opposition, notamment de la part des professeurs blanchis sous le harnais. Romain et Fabien s'étaient souvenus, lors d'une promenade, que leur formation à l'Institut avait commencé par un tour de table : chaque stagiaire devait mettre des mots sur l'éducation qu'il avait subie dans son enfance, et expliquer en quoi celle-ci était rétrograde et obsolète. Une confession bienvenue, selon Romain, car elle leur avait permis de prendre conscience du progrès inéluctable de la pédagogie. Alain était un homme âgé ; il était bien sûr incapable de remettre en question ses méthodes. C'eût été cracher sur toute sa vie d'enseignant, s'annuler lui-même.

Le jeune homme partit donc à la recherche de Fabien, qui devait se trouver en salle des professeurs.

Dans cette salle flottait une odeur de café métallique à laquelle se superposaient les fragrances plus circonstancielles des parfums des uns et des autres. Les murs étaient couverts de tracts et de posters, qui évoquaient des combats passés. Il y avait aussi des dessins satiriques découpés dans les journaux. La photocopieuse était fiable, et Romain en mesurait l'extraordinaire à l'aura qui l'entourait. La tribu des professeurs veillait sur elle comme sur un enfant que l'on élève à plusieurs dans un kibboutz.

Romain, en poussant la porte, fut le témoin d'une scène amenée à devenir classique : Julie, la prof de maths, était presque allongée sur la grande table centrale, appuyée sur un coude avec la lascivité d'une odalisque, le corps tourné de trois quarts vers le professeur de sport. Celui-ci était assis devant elle, les bras croisés sur un débardeur en lycra ; une jambe de son pantalon de jogging était retroussée jusqu'au genou.

— Pardon de vous déranger, dit Romain. Fabien, je peux te parler une minute ?

— Oui, vas-y, répondit celui-ci sans bouger de sa chaise.

— Dehors, je veux dire.

— Ah ! Oui, pardon.

Et ils rejoignirent la cour. Romain, quand ils furent à l'abri des oreilles indiscrètes, planta son regard dans celui de Fabien :

— Dis, ça te tenterait qu'on… monte un projet ensemble ?

Il avait remarqué en effet que, le mercredi après-midi, l'heure de cours que ses quatrièmes avaient avec lui était suivie par deux heures de sport avec « monsieur Bedenne », comme ses élèves appelaient avec respect l'apollon à l'accent béarnais. Or, l'Institut avait été très clair là-dessus dans son enseignement : l'interdisciplinarité – aussi appelée transdisciplinarité – était le meilleur moyen de révéler, d'exhausser le goût des disciplines particulières, de même que deux mets se révèlent en s'associant dans une assiette. Plus éloignées entre elles les disciplines, plus relevé le mélange.

— Un projet ? Ça serait juste chan-mé ! répondit aussitôt Fabien. Quel genre, du coup ?

— Un projet… interdisciplinaire.

— N'empêche ! s'exclama Fabien.

Cette expression avait dans sa bouche une signification propre, quelque part entre « la vache » et « j'avoue ».

Pour canaliser son excitation, Fabien se mit à secouer son collègue comme un prunier.

La nouvelle fut annoncée aux élèves dès la semaine suivante. Désormais, le mercredi après-midi, ils n'auraient plus une heure de français suivie de deux heures de sport, mais trois heures de « sport-français », menées de front par les deux professeurs *en tandem*. L'expression évoquait l'esprit d'équipe, les pentes que l'on monte et celles que l'on descend.

La première séance de sport-français, que les élèves avaient attendue avec impatience comme on attend un nouveau jouet, eut lieu en classe et commença par un long exposé. Romain loua les bienfaits de l'interdisciplinarité, qui reléguait derrière elle l'atroce « cloisonnement entre les disciplines, très français au demeurant ». Le croisement, et même la fusion entre le sport et le français étaient particulièrement sensés : en pratiquant un sport, on poussait des ahanements, on interpellait un coéquipier, on invectivait un adversaire… Bref, on procédait à des « actes locutoires » en langue française. Eh oui, une onomatopée, c'était encore de la langue française ! Le sport était donc le prolongement du cours de français par d'autres moyens. D'ailleurs, ces actes locutoires pouvaient ensuite être collectés et former un nouveau « support » d'enseignement, lors d'un cycle sur l'arbitraire du signe, par exemple.

Il y eut une main levée, celle d'Enzo.

— M'sieur… J'ai pas compris, on va faire du vrai sport à un moment ou pas ?

— Aujourd'hui non, pas de « vrai sport » (Romain mima des guillemets avec ses doigts comme si l'expression était douteuse), mais la semaine prochaine nous passerons les trois heures dans le gymnase.

Enzo – qui avait un nouveau survêtement – acquiesça, déçu.

Le professeur de français continuait son exposé. Fabien, comme quelqu'un qui se croit seul ou caché, se tournait régulièrement vers lui sans le regarder concrètement : il l'examinait du coin de l'œil puis faisait à nouveau porter son regard sur les élèves en hochant la tête.

Après cette longue entrée en matière, le cours pratique de la semaine suivante fut évoqué : les élèves devraient alors s'initier au saut en hauteur, plus précisément au saut Fosbury. Romain avait convaincu facilement Fabien que ceux-ci ne pourraient y parvenir qu'au terme d'une « propédeutique » – ainsi qu'on le disait à l'Institut –, une sorte d'échauffement mental qui précédait tout apprentissage, comme les grands peintres préparent leur toile avec un lit de blanc d'œuf. Le raisonnement était imparable : pour apprendre, il fallait d'abord être prêt à apprendre. Ces trois premières heures en classe avaient donc pour objet de développer une approche théorique et pédagogique du saut Fosbury, de sorte que l'élève serait en mesure, le jour dit, d'effectuer le geste en question. Geste que Romain, essoufflé, laissa à Fabien le soin d'exposer au tableau.

Le front luisant de sueur, Fabien expliqua laborieusement les subtilités de ce saut en hauteur « en rouleau dorsal », ainsi qu'il le répéta à plusieurs reprises. Ce saut était pratiqué normalement au-dessus d'une barre métallique, qui serait en l'occurrence remplacée par un simple fil. L'apollon ponctuait ses explications bafouillantes d'intempestifs :

— Toute façon, faudra que j'vous montre.

Romain reprit la parole pour essayer de remplir les trois heures, à la manière d'un coureur de fond ; il esquissa une réflexion personnelle sur la symbolique du saut à travers les âges.

Mais il manquait encore une demi-heure avant la sonnerie salvatrice, et Romain constatait avec horreur que certains élèves paraissaient s'ennuyer. Il sortit alors sa botte secrète : un débat. Romain avait photocopié une page d'une biographie de Proust, dans laquelle était décrite une journée type de l'auteur de *La Recherche.*

— Voilà, fit Romain. Lisez ça, et débattez ensuite sur le thème suivant : « Marcel Proust faisait-il suffisamment d'exercice ? »

Vanné, Romain s'affala sur sa chaise. À côté de lui, Fabien était également assis, les yeux dans le vague. Il tenait un verre d'eau dont la surface était rendue trouble par le tremblement de sa main.

Romain se pencha vers lui.

— Euh… Ça va ?

— Non, mais ça va aller… C'est juste que je suis sous prot', en fait…

— Sous quoi ?

— Sous *prot'* ! Sous protéines. C'est pour la prise de masse. L'inconvénient avec les prot', c'est que si je ne fais pas assez de sport, mes muscles risquent de devenir flasques.

Il paraissait très fébrile. Heureusement, la sonnerie retentit bientôt, interrompant la discussion molle que les élèves avaient docilement entamée. Fabien se précipita sur les tables éparses pour les remettre en ligne : de ses bras musculeux, il les empila comme un robot l'une sur l'autre pour les transporter, en suant à grosses gouttes et en soufflant.

La transdisciplinarité ne suffisait pas. Romain mit également en place des ateliers. Il fallait bien donner des notes ; les enfants y tenaient presque autant que leurs parents, en raison d'un conformisme puéril que Romain ne s'expliquait pas – mais qu'il entendait liquider avant la fin de l'année. Qu'à cela ne tienne :

il donnerait des notes en participation. La chose était aisée. Chaque chapitre du manuel comportait en conclusion une idée de débat de classe pour prolonger l'enseignement. Romain faisait lire le texte par un élève, puis sautait les questions de compréhension pour arriver directement au débat. Dans le manuel de la classe de cinquième, par exemple, le premier cycle s'appelait « l'appel du large » et rassemblait sur plusieurs chapitres thématiques des textes d'écrivains voyageurs, de Marco Polo à Ibn Battûta ; le débat proposé par le manuel concernait le voyage spatial, mais Romain, le jugeant trop éloigné des préoccupations de ses élèves, l'avait échangé contre un autre : « Partir : pourquoi, comment ? ». Le débat dura plusieurs séances ; Romain s'asseyait sur son bureau et, quand un élève prenait la parole, il mettait une petite barre juste en face de son nom. Ainsi, leur avait-il expliqué, ils devenaient « acteurs de leur apprentissage ». Romain évoqua auprès d'eux les noms de quelques essayistes radicaux qui l'avaient théorisé.

L'Institut avait ancré chez Romain une conviction : on apprenait mieux en jouant. C'est ainsi que, lors d'un cycle consacré aux différents types de textes, Romain demanda à ses élèves de découper, chez eux, dans des magazines, des exemples de phrases à caractère injonctif, descriptif, exclamatif... Il fallait mettre l'élève à contribution pour « l'impliquer dans sa réussite ». Une fois réunies, toutes les coupures de journaux furent mises dans un chapeau et attribuées à chacun lors d'une loterie. Quand l'atelier fut terminé, Romain en fut satisfait. Il faudrait le renouveler : à raison d'un ou deux par mois, ses élèves deviendraient incollables sur les types de texte et, à la fin de l'année, il leur serait impossible de confondre un poème de Victor Hugo avec les instructions d'une notice de grille-pain.

Et il ne s'arrêterait pas en si bon chemin. Se lever comme un seul homme à l'entrée du professeur dans la classe ? Très peu pour Romain – qui y voyait volontiers des analogies historiques peu reluisantes, comme dans tout mouvement collectif. C'est pourquoi il avait mis sur pied un système de « *checks* » personnalisés pour ses élèves, quand ils passaient la porte. Chacun avait sa manière de saluer son professeur. Un *check* du pied, un *check* du poing, un *check* du coude… Cela prenait à peine cinq minutes au début du cours, et ainsi chaque élève se sentait unique et respecté.

L'élève devait être tenu en action, toujours occupé : un instant d'inattention et l'on risquait de tomber dans l'ennui, ce mal du siècle pire qu'un sable mouvant. Ainsi, avec sa classe de cinquième, Romain profita d'un développement sur la notion de texte injonctif – dont les recettes de cuisine constituent un bel exemple – pour imaginer un atelier autour des crêpes. Chaque élève devrait apporter ses propres ingrédients, Romain emprunterait deux plaques à induction au père Grange : un tel atelier ne manquerait pas de susciter une tripotée d'actes locutoires. En voilà, de l'implication, leur dit-il en voyant ses élèves arriver le jour dit avec tous les ingrédients dans des tupperwares. L'atelier dura deux heures ; et, si *en apparence*, il s'agissait d'apprendre à faire des crêpes, comme en témoignait le joyeux bazar de la classe, maculée de farine et de coquilles d'œuf et d'où était sortie une clameur ininterrompue pendant tout son déroulement, l'enjeu véritable était de faire émerger autour de l'atelier un brouhaha vertueux qu'à l'Institut on appelait nuage verbal ou bruit pédagogique. Dans ce corpus, il s'agissait d'identifier des mots nouveaux. Ainsi Sarah eut-elle l'occasion d'apprendre le mot *froment*, qu'elle ne connaissait pas ; quant à Kevin, il fit la connaissance des mots *érythème*, synonyme de brûlure au premier degré, et *œdème local* à l'infirmerie du collège.

Le week-end, il suffisait à Romain d'un simple texto pour retrouver son collègue. Bien vite, ces rendez-vous devinrent tripartites, car Fabien et Julie, la prof de maths, ne se quittaient plus d'une semelle. De son accent extraordinaire, le premier qualifiait la seconde – une Auvergnate pur jus – de « très charmante ». Tous trois, ils s'asseyaient dans un champ, ou faisaient le tour du plan d'eau, en bas du village. Mais ces rendez-vous tournaient souvent à l'affrontement entre Romain et Julie, ne laissant à Fabien que la posture de l'arbitre – qu'en compétiteur né, il supportait difficilement.

Sur l'enseignement des mathématiques, qui étaient *sa* matière, Julie se prévalait de ses presque dix ans d'expérience pour évoquer les « méthodes qui marchent », avec une certaine autorité. Et selon elle, cela passait par une révision constante des tables de multiplication – « oui, même au collège, parfaitement » – et une répétition quasi mécanique des exercices. On aurait dit qu'elle forçait un peu le trait en présence de Romain, à qui cette façon de penser ne plaisait pas du tout.

— Tu ne *peux pas dire* que la répétition et le par cœur sont des solutions en soi, lui répliqua-t-il, d'une voix monocorde, un samedi du début du mois d'octobre.

— *En soi*, non, mais…

— Attends, vas-y, laisse-le finir, intervint Fabien, très concentré et qui ne voulait pas être en reste.

Julie croisa les bras sur sa chemise de bûcheron ; la pratique du tennis lui faisait un biceps gauche disproportionné.

Romain brandissait un petit livre à la couverture rouge où se trouvait selon lui la clé d'un enseignement des mathématiques à la fois plus éthique et plus bienveillant. C'était un livre dont le nom était sur toutes les lèvres à l'Institut, car son message pouvait être étendu au-delà de la matière ; Romain se l'était procuré d'occasion sur Internet.

— Tu vois, il est bien dit, ici… (Et il ouvrit le livre à une page marquée par un signet.) « Il importe que l'élève forge lui-même ses convictions mathématiques. » Eh oui, il ne faut pas plaquer un savoir tout fait mais que chaque élève redécouvre à son rythme certaines vérités…

Après quoi il referma le manuel d'un coup sec, à la manière d'un avocat qui viendrait de marquer un point crucial.

— Peut-être, l'ami, peut-être… fit Fabien. Mais à un moment, j'ai envie de dire : deux plus deux feront toujours quatre, non ?

— Déjà, intervint Julie. Et puis « se forger des convictions mathématiques », c'est bien beau, mais les maths, c'est d'abord opérationnel et objectif. J'aimerais bien te voir parler de « convictions mathématiques » au père de Maximilien, qui est couvreur, et veut faire de son fils un couvreur comme lui. Un type qui baigne dans les mathématiques toute la journée, et sans calculette, hein, que ce soit pour scier un madrier au bon endroit, faire un devis pour un toit ou comparer le prix des matériaux… Mais toi, tu en parles comme d'un pur loisir, un jeu de l'esprit sans conséquence !

— Il ne s'agit pas de ça, balaya Romain. Vous n'êtes pas sans savoir – l'un aussi bien que l'autre – qu'aujourd'hui, on se sert des mathématiques pour discriminer à l'entrée des grandes écoles, depuis la disgrâce des langues mortes. Désolé de vous dire ça sans ambages, mais les mathématiques sont devenues une valeur bourgeoise.

Il l'avait de nouveau prononcé comme il aimait à le faire avec Henri Regamey, quand ils sortaient de l'Institut : *pourgeoise.*

Julie le regarda avec la tête légèrement penchée et laissa tomber dans un sourire amusé :

— Il ne te manque que le *clergyman…*

Mais attendu que Fabien ne connaissait pas ce mot et que Romain ne voyait pas ce que venait faire ici l'habit ecclésiastique, la discussion fut close et chacun eut un mouvement de menton comme s'il venait de l'emporter. Ils regardèrent dériver sur le plan d'eau un radeau fait de bouteilles en plastique agglomérées.

Un matin, alors qu'il se rendait à la cuisine, Romain aperçut son hôte dans le jardin par la baie vitrée du salon. Celui-ci s'y était activé depuis l'aube déjà, musardant autour de son potager pour en « préparer la terre ».

Muni d'une paire de jumelles, Grange regardait à présent vers le ciel en effectuant un arc de cercle à peine perceptible.

Machinalement, Romain s'approcha pour essayer d'apercevoir l'objet de sa curiosité. Le père Grange, sentant une présence dans son dos, se retourna vers lui et lui fit signe de le rejoindre.

Le jeune professeur parut hésiter.

— Tenez, regardez…

Et le père Grange lui tendit les jumelles.

— Bien souvent, on l'entend avant de le voir.

— Qui ça ?

Au milieu de chaque aile, le rapace qui planait audessus de la maison en cercles concentriques avait une grande tache blanche ; les dernières de ses rémiges lui faisaient comme des doigts.

— Le milan royal, monsieur Romain. Nos ancêtres au Moyen Âge l'appelaient *l'escoufle.* Vous apprendrez bientôt à reconnaître son cri, qui ressemble au sifflement d'un chef de gang. Et vous saurez qu'il faut vite lever la tête pour l'apercevoir…

Romain continuait à suivre silencieusement l'oiseau de proie des yeux.

— Je crois qu'il m'aime bien, continua le père Grange. C'est que je tonds souvent la pelouse, l'idéal pour venir vermiller… En guise d'offrande, je lui ai déjà laissé un mulot dans un baquet. Il me semble qu'il niche un peu plus loin…

Et il fit un signe vague vers le bois, au-delà du jardin.

Les trois heures interdisciplinaires de sport-français eurent leur réciproque, au gymnase cette fois-ci.

En attendant que tous les élèves se fussent changés, Fabien s'échauffait sur place avec des montées de genoux. Il soufflait déjà très fort ; Romain s'éloigna de lui. Le jeune professeur de français avait revêtu pour l'occasion un short de sport prêté par son collègue, mais avait conservé sa chemise, ce qui lui donnait l'air d'un Pierrot débraillé, ou plus simplement d'un homme que l'on surprend dans le secret de son intimité, le dimanche matin.

Fabien fit mine de lui boxer le torse, en sautillant d'avant en arrière comme un kangourou. Romain eut un mouvement de recul.

— Euh… Non, arrête, en fait.

— D'accord.

Et Fabien battit en retraite, enchaînant sur des talons-fesses.

Un fil rouge était tendu entre deux poteaux métalliques. Derrière l'installation se trouvait un épais matelas au nom d'un équipementier sportif.

— Donc vous faites comme ça, dit Fabien quand tous les élèves furent mis en rang d'oignon.

Et il se précipita vers le fil, par-dessus lequel il sauta en s'enroulant langoureusement au niveau du dos, avant d'atterrir pesamment sur le matelas. Trois filles se mirent à pouffer en se cachant le visage.

— C'est ça que j'essayais de vous expliquer la semaine dernière, dit Fabien avec un sourire illuminé. Vous allez voir, c'est tout simple.

Et il renouvela l'opération. Deux fois.

Romain se sentit obligé d'intervenir, « dans un strict cadre interdisciplinaire et bienveillant ».

— Les enfants, petite parenthèse... (Il imita des parenthèses avec les mains.) Ce n'est pas grave si vous échouez ! L'important dans le saut, ce n'est pas le résultat, mais l'impulsion. Le saut lui-même compte moins que ce que vous évoque, à *vous*, la notion de saut.

— N'empêche, dit Fabien. Maintenant on enchaîne, allez, allez !

Le fil avait été placé haut par le professeur, et au premier passage, il n'y eut presque que des ratés. Romain y trouva le matériau d'une péroraison.

— Vous savez, la pensée, c'est très bien. Mais ce n'est pas tout. Et d'ailleurs, où naît-elle ? Dans la tête, qui est une partie du corps. Pour bien penser, il faut un corps intelligent. Et le sport est là pour ça.

L'un des poteaux métalliques était mal placé ; Romain voulut s'en charger. Mais en soulevant l'agrès avec trop d'enthousiasme, il poussa une exclamation de douleur et porta la main à son épaule.

— Ça va ? intervint aussitôt Fabien.

— Non, je crois que je me suis fait un claquage.

— C'est pas ça, un claquage.

— Alors une luxation, grogna Romain.

— Encore moins une luxation, l'ami.

— Écoute, c'est moi qui souffre, d'accord ? Donc je crois que je sais mieux que toi.

Fabien montra ses deux paumes en signe de paix et déplaça lui-même le poteau métallique comme si celui-ci eût été en polystyrène.

Son collègue de français alla s'asseoir sur un cheval d'arçons au fond du gymnase, et croisa les bras.

Fabien devait donner des notes. Les élèves furent séparés en groupes de niveaux : les plus mauvais passèrent en premier, avec un fil placé très bas ; puis il y eut les médiocres, et les bons, parmi lesquels Jeanne ; à la fin, il n'en resta plus que quatre, « l'élite de l'élite », ainsi que l'énonça Fabien avec un plaisir manifeste. Il y avait trois garçons et une fille, Anita. Ses yeux en amande semblaient toujours se moquer du monde, mais son nom était prononcé avec respect, parce qu'elle courait « super vite ».

Ces quatre-là pouvaient espérer entre dix-sept et dix-neuf sur vingt – car vingt sur vingt, c'était « la note du professeur », comme aimait à le rappeler Fabien, sur le ton d'une boutade qu'on a soi-même entendue dans sa jeunesse. Les autres élèves bruissaient d'excitation, car Anita avait toutes les chances de faire « mieux que les garçons ».

Pour faire monter le suspense, Fabien se mit à présenter l'événement en imitant un commentateur sportif à l'accent approximatif.

— Et maintenant… Au tour de notre première compétitrice, surnommée « La Comète du Livradois », « la Puce sauteuse des volc…

Mais Romain, qui se trouvait derrière lui sans que personne ne l'eût vu approcher, s'éclaircit la gorge pour l'interrompre.

— Hum, hum…

Fabien se retourna vers lui brusquement.

— Je ne ferais pas ça, si j'étais toi… articula Romain.

— Ah bon ? fit Fabien, une lueur d'inquiétude dans le regard.

Son collègue l'emmena un peu à part.

— Écoute… souffla Romain. Ces enfants vont bientôt être jetés dans un monde où règne une compétition féroce, un monde où ils seront sans cesse exhortés à être les meilleurs – classés, jugés, notés à coups de petites étoiles. Est-ce vraiment le rôle de l'école que d'encourager cette ségrégation entre les bons et les mauvais ?

— Mais… bredouilla Fabien. Il faut toujours donner le meilleur de soi-même, pas vrai ? Se dépasser, se défoncer ?

Il se prit la tête dans les mains, écartelé entre deux allégeances, entre deux éthiques.

— Fabien, dit Romain d'une voix rassurante, c'est ce que voudrait l'Institut. Je te le promets.

— Tu crois ? demanda le professeur de sport en dévisageant son collègue, le front emperlé de sueur.

La volonté de Romain fut respectée : malgré la déception bruyamment manifestée par certains élèves, on abaissa le fil rouge au niveau du plus mauvais

(Daniel Le Guirrec) et chacun dut s'y adapter durant l'heure restante, quitte à surclasser de beaucoup la hauteur imposée. Romain fit remarquer que personne n'était lésé : de fait, tout le monde pouvait sauter par-dessus le fil. Satisfait, il regarda les élèves défiler les uns après les autres.

D'abord, les meilleurs voulurent sauter le plus haut possible. Mais bien vite, tout le monde fut lassé de ces victoires sans péril et quelques plaisantins entreprirent une série de sauts de plus en plus fantaisistes : ils imitaient le phoque, la planche, l'étoile de mer… À moitié désintéressé de l'exercice, Fabien se lança un peu plus loin dans une séance de gainage, imité par deux garçons qui voulurent le défier.

C'est alors qu'un malheur advint. Voulant effectuer un « saut de la mort », le petit Albert s'emmêla les pinceaux : il marcha sur son propre pied et se tordit une cheville. En poussant un cri de douleur, il s'affala sur le sol.

Fabien accourut aussitôt et l'examina.

— La belle cagade que tu nous as faite. C'est une entorse, ça.

Il fit venir l'infirmière du collège. Celle-ci releva Albert sur son pied sain, et le fit s'appuyer contre son épaule ; à cloche-pied, il quitta le gymnase pour la suivre à l'infirmerie, sous les lamentations des autres.

Embarrassé, les poings sur les hanches, Romain les regarda passer. Il dit à son collègue d'une voix mal assurée :

— Pauvre Albert. C'est douloureux sans doute, mais cela montre la vertu pédagogique de l'erreur :

c'est en ratant, en ratant toujours, que l'on progresse le mieux.

— Oui, commenta Fabien les sourcils froncés, enfin là, il en a pour trois mois de convalescence, sans sport. Pègue.

Le lendemain, en sortant d'un cours avec ses cinquièmes, Romain prenait l'escalier pour descendre à la cantine ; arrivé en haut des marches, il reconnut le triolet irrégulier de la principale et de son makila. Il était trop tard pour reculer.

— Monsieur d'Astéries ! Je venais à votre rencontre ! lui dit-elle en levant sa canne vers lui, comme pour le pointer du doigt.

— Ah ! Mademoiselle Combes.

Elle redescendit aux côtés de Romain les marches qu'elle avait gravies, et le suivit lentement en direction de la cantine, imposant son rythme.

— Alors, comment ça se passe ? dit-elle simplement.

— Mais… aussi bien que possible.

— On me dit que vous auriez instauré une… « interdisciplinarité » dans notre établissement ?

Son ton était candide, presque celui d'une fillette.

— C'est exact, répondit-il d'une voix blanche.

Elle hocha la tête.

— J'ai appris l'accident subi par le petit Albert, continua-t-elle sur le même ton comme s'il pouvait exister un lien de causalité entre les deux.

— Oui, un bête accident. Mais il sera vite remis, à son âge.

— Je crois que l'épisode des crêpes a fait également un blessé… Voilà des activités que nos classes ne voient guère avant le mois de juin. Monsieur d'Astéries, reprit la principale en s'arrêtant au milieu du couloir. Vous avez dû comprendre à ce stade que je n'étais pas très favorable aux pitreries dans mon établissement. Je peux avoir une certaine tolérance, mais sur les fondamentaux vous devrez être à la hauteur. L'interdisciplinarité, d'accord. Mais avec de vraies *disciplines* de chaque côté. Car multiplier du vide par du néant, cela donne du vent, rappelez-vous vos mathématiques élémentaires.

— Je me les rappelle, mais…

— L'interdisciplinarité est un cadre, une forme. Mais il lui faut un contenu.

Il y eut un flottement. Auprès d'eux, le flot des élèves qui se rendaient à la cantine ne cessait pas ; Romain croisa alors le regard sombre, aux yeux cernés d'un eye-liner timide, de la jeune Jeanne Popescu. Celle-ci disparut au coin du couloir.

— Détrompez-vous, dit-il aussitôt. En fait, nous avons un thème pour notre année.

— Ah oui ? repartit mademoiselle Combes d'un ton sarcastique. Laissez-moi deviner : le skateboard dans l'œuvre de Ronsard ? Le triathlon chez madame de Sévigné ? Les vies parallèles de l'abbé Prévost et de Michael Jordan ?

— Non.

— Et peut-on connaître ce mystérieux thème ?

— Oui, c'est l'autre.

— … « L'autre » ? L'autre quoi ?

— Notre thème, c'est *l'autre*. L'altérité, si vous préférez. *Alter* en latin, *allos* en grec ancien. Le contraire du Soi, du Même et de l'Un.

— Aaah, l'Autre !

— Voilà.

Mademoiselle Combes eut une quinte de toux.

— Le temps n'est pas extensible, monsieur d'Astéries. Je garde un œil sur vous.

Et elle s'éloigna d'un pas aussi assuré qu'elle le pouvait.

La semaine suivante, les deux acolytes avaient rectifié le tir.

Ils attendaient leurs élèves les bras croisés, debout sur l'estrade, sérieux comme un monarque et son ministre avant un grand discours de guerre. Quand le petit Albert fut entré dans la classe sur ses béquilles, suivi par Thérèse qui portait son sac, le cours put commencer. Fabien fit un clin d'œil au grand blessé, qui leva le pouce en réponse.

— Bien, dit Romain. Les enfants, je sens que vous progressez déjà sur la voie de l'interdisciplinarité, que vous devenez sensibles – chacune et chacun – à cette *belle* idée de croiser les pratiques et les savoirs. Ensemble, nous allons pouvoir mettre en œuvre ce décalage fécond, ce pas de côté, cette sortie hors des sentiers battus. Alors, répétez après moi : le français, oui, mais au gymnase ! Le français…

Quelques élèves s'exécutèrent. Fabien également.

— C'est un peu mou ! releva Romain, taquin. Bon, admettons. Nous allons entrer dans une nouvelle phase de notre cycle interdisciplinaire, avec un thème : *l'autre.* Eh oui, désormais, vous allez vous intéresser aux autres. Pourquoi l'autre est-il différent de moi ? En quoi sa différence peut-elle, ou doit-elle, m'enrichir ?

— Monsieur, dit Étienne au deuxième rang. Un autre, c'est par exemple un étranger ?

— Oui, par exemple, mais…

— Pas forcément, s'interposa Fabien. L'autre peut être bien plus proche de nous qu'on ne le croit.

Romain laissa ces mots cheminer en chacun, puis reprit la parole.

— Ce cycle, donc, aura un volet sportif et un volet… humain, même s'il prendra la forme d'un cours de français. Nous tournerons autour d'un exemple qui nous est proche, du moins pour certains d'entre vous : la Roumanie.

Les élèves se retournèrent les uns vers les autres. Jeanne Popescu, au dernier rang, baissa la tête pour regarder sa trousse.

— En français, nous étudierons la langue et la littérature roumaines. En sport, vous vous inspirerez de Nadia Comăneci, la gymnaste qui obtint la note parfaite aux jeux Olympiques de Montréal en 1976, dit Romain.

— Ouaip, dix sur dix, acquiesça son collègue en croisant les bras encore plus serrés autour de son torse pour faire saillir ses biceps.

— Je parle sous ton contrôle, Fabien, dit Romain qui sembla alors se rappeler la présence du prof de sport.

Celui-ci fixa Romain du coin de l'œil puis se pencha vers lui.

— … Tu quoi ? chuchota-t-il.
— Non, rien.
Et c'est ainsi que le nouveau cycle interdisciplinaire fut lancé.

Ce fut une période de grande ébullition pour Romain.

Il commanda sur Internet *Le Roumain sans peine* de la méthode Assimil. Il commanda des DVD, des livres pour enfants en roumain, des livres d'images. Tout cela arrivait dans la boîte aux lettres « aux bons soins de Bernard Grange », lequel transmettait aussitôt à son locataire, les yeux écarquillés. Après le dîner, quand Grange passait au premier étage devant la porte du jeune professeur, il entendait résonner des mots de vocabulaire, des verbes que l'on déclinait… Cela lui rappelait ses cours de latin, quand il était minot.

Parallèlement, ayant obtenu auprès de l'office de tourisme la liste des jumelages du village, Romain se rendit compte qu'il en existait un – à ce jour en sommeil – entre Chaudezat et un village roumain situé dans la région du Maramureş, au nord du pays. Ne pourrait-on pas organiser un échange scolaire ? Il fit des courriers.

Fort de toute sa nouvelle science, Romain fit débuter chacun de ses cours avec sa classe de quatrième par un peu de vocabulaire – *tren*, *bancă*, *cafea*... Il fallait apprendre ces mots-là pour la fois suivante. On analysait les vers des grands poètes roumains, Eminescu, Dinescu, Arghezi. À l'occasion, il ajoutait un petit point d'histoire ou de géographie roumaine, au gré de ce qu'il apprenait lui-même, le soir dans son lit. Et quand le visage déformé de mademoiselle Combes apparaissait à travers le verre granité de la porte, Romain balançait à forte voix quelques mots magiques pour la faire repartir, comme on fait fuir un spectre : « Métaphore ! Assonance ! Prétérition ! » Et ça ne manquait jamais.

Mais tout cela tournait – obliquement d'abord, puis sans ambages – autour de la personne de Jeanne Popescu.

Le jeune professeur commença par lui demander de réciter des mots en roumain pour les édifier. Après une longue réflexion, l'adolescente trouva quelque chose dans sa mémoire :

Nani, nani,
Puiul mamii,
Dormi cu mama,
Dormi ușor,
Că mama te învelește
Cu dragoste și cu dor...

— Plus fort ! On n'entend rien, dit Romain.
L'adolescente reprit en forçant un peu la voix.

Nani, nani,
Puiul mamii,

Dormi cu mama,
Dormi ușor,
Că mama-ți-aduce ție
Vis frumos și somn ușor.

— Bravo ! s'enthousiasma son professeur. J'imagine que l'on doit ces vers à un poète de la fameuse Renaissance culturelle roumaine ?

— Non, marmonna Jeanne, c'est une comptine pour s'endormir…

Mais personne ne l'entendit.

Dès lors, quand le professeur butait sur un mot en roumain, il ne manquait jamais de se retourner vers Jeanne Popescu. D'une voix doucereuse, il lui demandait alors de bien vouloir le prononcer pour eux, devant toute la classe. Rosissant des pommettes, elle s'exécutait de bonne grâce, maladroitement. Mais quand Romain voulut l'impliquer plus avant dans des questions concernant la littérature, l'histoire ou la géographie roumaines, Jeanne lui répondait :

— Je ne suis pas roumaine, vous savez, monsieur… Je suis née à Clermont-Ferrand…

Ce à quoi Romain répondait toujours avec un sourire attendri : « bien sûr, bien sûr », comme à une vieille personne qui n'a plus toute sa tête et que l'on veut ménager.

Mais, d'ailleurs… Romain en fit la proposition à Jeanne, à la fin d'un cours, en tête à tête : ne seraitce pas une bonne idée qu'elle écrive et interprète quelque chose devant la classe – un texte, un slam, n'importe quoi – sur le thème de l'exil ? Cela pourrait même être noté, si elle le voulait. Et puis ce serait l'occasion d'apporter au collège des pâtisseries roumaines, pour en faire profiter toute la classe ! Sa mère pourrait sans doute l'aider. Mais il n'y avait, bien sûr, aucune obligation.

Jeanne hochait la tête sans croiser son regard.

Toutes ces nouvelles attributions lui prenaient un temps fou. Mais Romain avait également fort à faire avec sa classe de cinquième. Si certes on n'y pratiquait pas l'interdisciplinarité – privilège de la classe de quatrième –, il s'y préparait aussi des ateliers, et notamment un atelier nature.

Romain, en effet, ne manquait pas une occasion de rappeler ce propos – marqué au coin du bon sens – d'une des formatrices de l'Institut, Odile de Rudemont : « Je préférerai toujours une heure de promenade en pleine nature à une heure de français dans une classe fermée ! » Elle s'inspirait directement de la pensée de Rousseau (dont elle leur avait fait passer un polycopié avec des citations) et des expériences d'enseignement les plus radicales. C'est dans le sillage de cette école de pensée que Romain se qualifiait volontiers de « maître ignorant ». Car après tout, un bon professeur n'apprenait-il pas plus de ses élèves que ses élèves n'apprenaient de lui ?

— Mais nous, on sait rien à côté de vous, m'sieur ! avait réagi Sylvain, un brin flagorneur, en faisant tourner son stylo.

Un sourire modeste au coin des lèvres, Romain avait tenté de le raisonner.

— C'est faux : vous savez plein de choses, notamment sur les vérités du cœur. Il faut apprendre à *vous* faire confiance, et à mettre en doute ce déséquilibre qu'on vous a inculqué, entre un sachant (moi) et des ignorants (vous). Ce n'est qu'une de ces fictions rassurantes qui font tenir l'édifice social, en d'autres termes l'ordre en place. Mais pour y voir plus clair, il faut déplacer l'éléphant, comme le dit un proverbe africain – c'est-à-dire *sortir de la classe.*

Aucun élève n'avait trouvé à y redire. Plus d'une bouche béait.

Romain en était persuadé : sa principale s'opposerait à l'idée d'une classe en pleine nature. D'où la proposition qu'il fit à Fabien.

— *En secret*, pègue ! réagit l'apollon béarnais. Tu y vas fort. Faire sortir les élèves du collège, comme ça ? Sans prévenir personne ?

— Eh, quoi ? Tu les fais bien sortir pour aller jusqu'au terrain de foot, le vendredi !

— Ce n'est pas pareil...

— Ah bon, en quoi ?

Fabien se prit la tête entre les mains.

Romain lui fit part de la phrase inspirante de la formatrice de l'Institut ; le jeune professeur de sport en fut contrarié.

— L'Institut, l'Institut... Il a bon dos, ton Institut, tempêta-t-il à voix modérée comme on blasphème un jour où Dieu fait le sourd. Promenade en pleine nature, je veux bien, moi... Mais je risque mon boulot, avec ce genre de cagades...

— Fabien… Je te parle d'émancipation personnelle, d'acceptation de soi, je te parle d'ouvrir des enfants à la conscience du monde en milieu naturel et toi, à quoi tu penses ? À ton petit boulot, à ton petit salaire !

— Oh, con ! Je vais la faire ta promenade, si tu arrêtes de me retourner le cerveau avec tes théories…

— C'est vrai ? s'exclama Romain, ébahi. Merveilleux. Tu n'auras qu'à bifurquer à l'endroit du rond-point, où je t'attendrai : plutôt qu'au terrain de foot, nous monterons jusqu'au col de Vermenouze par un sentier que je connais.

Fabien secoua la tête vigoureusement, comme s'il essayait d'en faire sortir une litanie désagréable ; la conversation était close pour lui.

Le grand coup devait avoir lieu le dernier vendredi avant les vacances de la Toussaint. Nerveux ainsi qu'un gangster à la veille d'un casse, Romain passa une partie de la soirée du jeudi au café-restaurant de chez Henriette. Il s'était installé dans le coin au fond à gauche, le dos appuyé contre le grand miroir taché de rouille et d'éclaboussures ; c'est qu'il lui fallait une vision panoramique sur le café. Jusqu'à tard dans la soirée, enquillant les sirops d'orgeat, il relut les meilleures pages des penseurs de la pédagogie innovante, dont il avait recouvert les couvertures avec du papier kraft.

Comme tous les soirs, les hommes des champs étaient accoudés au comptoir, pesant sur le zinc. Quand ils ne feuilletaient pas les journaux enfilés sur des cannes, ils soliloquaient, avec plus d'assurance que de facilité ; la châtaigne et la gentiane coloraient leurs paroles, jusqu'au point où il importe bien plus de parler que de dire. Romain avait toujours une oreille pour leurs élucubrations. Y surnageait immanquablement un propos, un fragment isolable. De ces brèves de comptoir, un certain Lucien – cheveux rares, pantalon olivâtre au niveau des genoux – était le plus gros fournisseur. Il fut ce soir-là, la veille du grand coup, au meilleur de sa forme.

— Les Auvergnats, affirma-t-il notamment avec un index vacillant vers le ciel, sont la preuve vivante qu'il n'est pas besoin d'habiter au bord de la mer pour avoir des oursins dans les poches.

Tous s'esclaffèrent, sauf Romain – qui n'aimait pas quand on généralisait.

Puis il finit par rentrer à l'ancien couvent, après vingt-trois heures. Le père Grange lui avait gardé un reste de gratin dauphinois sous la cloche du micro-ondes. Romain passa devant sa chambre et l'entendit ronfler. La sienne, de chambre, s'honorait de la visite de Sushi, sans doute pris dans un rêve – allongé sur la couverture du lit, il donnait des coups de pattes dans les airs, comme pour attraper des papillons. Romain se coucha délicatement, écartant les jambes pour ne pas réveiller le chat somnambule.

La lumière éteinte, il lança l'enregistrement d'un message vocal pour Henri et laissa tourner la bande une minute sans dire le moindre mot. Enfin, il lâcha seulement :

— À un moment, il faut renverser le pot de fleurs.

Tout se déroula exactement comme prévu.

Au début, du moins.

Alors qu'il patientait sur les hauteurs du village, au-dessus du terrain de foot, Romain vit soudain tourner dans le virage la file indienne des élèves menés par Fabien. Passant devant l'entrée du stade de foot, ils la négligèrent pour continuer à monter vers le rond-point.

— Salut, dit Fabien, un peu nerveux. On ne traîne pas, on y va ?

— Allons-y, dit Romain.

— Tu me garantis qu'on sera de retour à seize heures, hein.

— Garanti.

Les élèves étaient en pleine effervescence. Les projets des deux professeurs avaient été tenus secrets jusqu'à ce moment.

— Les enfants, dit Romain d'une voix forte et égayée par l'importance de l'instant. Aujourd'hui, nous sortons de la classe traditionnelle. Aujourd'hui, et parce qu'il n'y a pas que le français dans la vie, nous allons à la rencontre de la nature, la riche, l'imprévisible, la tumultueuse nature, qui non seulement…

— Abrège, dit Fabien, qui regardait autour de lui en faisant tressauter l'une de ses cuisses. On pourrait croiser un parent d'élève, là.

Romain obtempéra et mena les élèves jusqu'au pied d'un sentier qui montait entre deux maisons. Ils commencèrent à le gravir, Romain ouvrant la marche, Fabien la fermant.

Les élèves, surexcités à présent par cette excursion au goût étrange de permission interdite, montaient la côte avec entrain, se chamaillant ou spéculant sur les fins d'une telle opération ; le soleil d'octobre qui se faufilait entre les feuilles dessinait sur leur visage des motifs aléatoires. Ceux qui voulaient faire peur inventaient pour les naïfs des projets sordides : leurs professeurs allaient les précipiter dans une rivière, ou les attacher à un arbre pour toute la nuit. Romain accueillait ces extravagances d'un sourire amusé. Il laissa passer devant lui toute la classe pour retrouver Fabien en queue de peloton.

— N'est-ce pas l'âme même de l'enfance que l'on entend résonner ? Ces spéculations, ces espoirs, ces craintes, ne te rappellent-ils pas tes premiers émois ? Ils nous prennent pour des joueurs de flûte de Hamelin…

— Tu n'as pas mis les bonnes chaussures, fit remarquer Fabien, qui essayait de garder un œil sur tous les élèves.

C'était exact. Tous les enfants étaient en tenue de sport, comme leur professeur ; Romain, lui, avait gardé ses Wallabees en daim.

La montée s'arrondit pour aboutir à une ligne de crête dégagée. Aussitôt, Romain rejoignit la tête du peloton, passa devant les élèves et monta sur une large souche, qui paraissait se trouver là exprès.

— Sentez-vous cet air délicieux qu'a la nature ? Humez, les enfants, humez tout ce que vous savez ! (Il mima une inspiration spectaculaire.) Mmm !

Quelques élèves l'imitèrent.

— Regardez au loin, sur la ligne d'horizon.

La crête en effet redescendait vers la vallée en paliers successifs, sautant par-dessus les obstacles de nombreux grillages, terres cultivées, et autres ruisseaux ; puis on remontait la vallée d'en face et il se trouvait encore des vallées, au-delà, jusqu'à cet horizon semblable à une enfilade de dunes.

— Là, dans cette direction, dit Romain, l'index pointé. Ce que nous voyons avec une drôle de silhouette en deux temps, qui ressemble à un chapeau cabossé, c'est, c'est… ?

— Le puy de Dôôôme, répondirent en chœur les élèves.

— Oui, c'est ça, fit Romain.

— C'est notre montagne Sainte-Victoire à nous, m'sieur, ajouta un élève. Enfin, c'est ce que dit la prof d'arts plastiques.

Romain laissa s'écouler plusieurs secondes, vide dans lequel s'engouffra aussitôt un autre élève.

— M'sieur, on va faire du vrai sport ou pas ?

Irrité, Romain répondit du tac au tac :

— Parce qu'une marche vivifiante dans la nature, ce n'est pas du « vrai sport », peut-être ? Allez, en marche !

Et il reprit la tête de la troupe.

Fabien se chargea de rassembler les brebis égarées en queue de peloton. Ils marchèrent sous des frondaisons ombrageuses et fraîches ; les arbres feuillus laissèrent la place aux résineux, à mesure qu'ils gagnaient en altitude ; les enfants passaient la main dans les fougères le long des chemins comme des cyclistes au ravitaillement, en parlant sans arrêt. Romain tendit l'oreille : deux jeunes filles échangeaient des vues personnelles sur une bande dessinée. Plus loin, trois adolescents parlaient, plus fort qu'ils ne le pensaient, d'un classement des plus beaux garçons effectué par une fille de la classe, et qui avait circulé ; aucun d'entre eux n'y figurait, une erreur sans doute.

Romain imposa un nouvel arrêt.

— Je crois que vous êtes passés à côté de l'essence de notre escapade, martela-t-il. Voyez ce moment comme une fugue, en dehors du train-train. Il faut profiter de la richesse, de la multitude de la nature, pas replonger dans le quotidien étroit et mesquin ! Tenez, regardez.

Et il pointa du doigt un rapace qui tournoyait au-dessus d'eux, croyant y reconnaître l'oiseau cher à son logeur.

— Ça, les enfants, c'est un milan royal. Anciennement appelé *escoufle*, il…

— Euh, monsieur ? l'interrompit un élève. Ça, c'est un faucon. Un faucon crécerelle, je crois. Et normalement… Oui, vous voyez, on le reconnaît quand il bat des ailes sur place, comme maintenant.

Le regard de Romain alla lentement de l'élève à l'oiseau.

— Ah ? Ah oui, peut-être, si tu le dis... Enfin, ça ressemble quand même beaucoup.

— Mmm... Oui, peut-être la couleur, admit l'élève.

— De toute façon, conclut Romain, nous sommes trop loin pour l'identifier à coup sûr. Voilà une bonne leçon à retenir : il ne faut pas préjuger de nos forces, ni accorder trop de foi à nos sens.

Et il reprit la marche, tête baissée pour ne pas trébucher sur un caillou.

On traversa de vastes plateaux, aux prairies dégagées. Un nouveau rapace – qu'un élève identifia comme la buse variable – volait à mi-hauteur au-dessus d'un champ dont la terre venait d'être labourée, guettant le mulot ou le campagnol.

— Et voilà un champ de maïs, s'enorgueillit à voix haute Romain en reconnaissant au-delà d'un barbelé les épis de la fameuse céréale. Le maïs, vous le voyez dans votre assiette... mais il a bien fallu qu'il pousse, d'abord ! Vous savez, les aliments ne vous sont pas apportés par une cigogne ou un ragon...

— En l'occurrence, monsieur, l'interrompit une jeune fille, ce n'est pas du maïs pour les humains, c'est du maïs pour nourrir les bêtes.

— Ah bon ? Et comment sais-tu cela ? demanda Romain, sur un ton où la curiosité le disputait à l'agressivité.

— C'est le champ de mon père, monsieur.

— Ah oui. (Romain déglutit lentement.) Oui, forcément. Enfin, ça reste du maïs, que je sache. Allez, en avant.

Plus loin, Romain – sans prévenir personne – prit l'initiative de quitter le chemin principal pour s'enfoncer entre les pins. Fabien, toujours en queue de peloton, le rejoignit aussitôt en courant.

— L'ami, je ne crois pas que ce soit une bonne idée, dit-il calmement.

— Ah oui ? répondit Romain sans cesser d'avancer, continuant à s'enfoncer dans la forêt toujours plus obscure. Tu n'en as pas marre des sentiers battus, mon petit Fabien ?

— Tu me fais peur quand tu as ce regard, mon vieux, répondit Fabien. Je dis juste qu'on devrait faire demi-tour dans cinq minutes pour retomber sur nos pattes, à seize heures, tu te souviens ?

Romain hocha la tête en fermant les yeux, sans que l'on pût dire s'il était totalement excédé ou bien au comble d'une sagesse orientale. Son sourire bienveillant était comme un récif contre lequel venaient s'échouer toutes les objections.

Il se retourna vers ses élèves, qui le suivaient à petit trot.

— Les enfants, dit-il en désignant le pied d'un arbre. Ça, c'est un sacré champignon, n'est-ce pas ?

— Pas n'importe quel champignon, m'sieur, intervint l'un des élèves. C'est une collybie radicante. Il y en a souvent au pied des fayards. Ils collaborent, en quelque sorte.

— Au pied des quoi ? demanda son professeur de sport avec curiosité.

— Des fayards. Des hêtres, si vous préférez.

Romain fronça les sourcils et observa l'adolescent avec le scrupule d'un joueur d'échecs internationalement connu qui doit composer avec un adversaire amateur qui lui tiendrait tête.

— Ah oui, une collybie ? demanda-t-il d'une voix un peu plus aiguë qu'à l'ordinaire. Eh bien, épelle-le-nous, puisque tu es si fort. Nous sommes en cours de français, après tout.

— Je ne suis pas sûr de l'orthographe, dut admettre le garçon.

— Ah tiens ! Ça, alors ! Monsieur a un doute ? Monsieur ne sait pas tout ?

Fabien tirait son collègue par la manche.

— Romain, on a un problème là.

Au sommet de l'agacement, Romain se retourna.

— Quoi, encore ?!

— C'est Sylvain et Maximilien, apparemment.

Une adolescente aux taches de rousseur tourna son visage vers Romain.

— Oui, monsieur... Ils ont dit qu'ils se cacheraient une minute pour rigoler, mais on ne les voit plus...

— C'est pas vrai, ça ! dit Romain, comme un père excédé par les simagrées de son enfant. Sylvain ? Maximilien !

Il appela de toutes ses forces à travers la forêt, qui ne lui rendit qu'un souffle de vent dans les feuilles. Au loin, un pic en quête de nourriture faisait entendre la percussion de son bec contre un tronc.

La tête dans les mains, Fabien tournait sur lui-même inutilement.

— On est morts... On est morts...

— Mais non, répliqua sèchement Romain. Ils vont revenir.

Un temps s'écoula. Romain perdait patience.

— Je ne comprends pas comment on peut manquer de jugeote à ce point ! Alors que l'on passait un si bon moment.

Finalement, après qu'ils eurent ratissé les environs, ils entendirent des ricanements nigauds en haut d'un pin. Sylvain et Maximilien en descendirent en se balançant de branche en branche, aussi facilement que des ouistitis.

Très nerveux, Fabien dut se retenir de leur infliger une torgnole. Romain, pourtant essoufflé, posa une main sur son avant-bras.

— Pourquoi les réprimander ? N'avons-nous pas aussi fait des bêtises à leur âge ? Il faut retenir notre envie de punir. C'est cela qui nous rend adultes.

— Si ça te chante, répliqua Fabien en retirant vivement son bras. En attendant, on est en retard, et pas loin de pointer ensemble chez Pôle emploi, mon pote.

Surpris par ce ton, Romain se raidit.

— Allez, on y va, les sportifs, et vite ! fit le professeur de sport en frappant dans ses mains.

Mais à trop tourner sur eux-mêmes pour retrouver les deux fugitifs, ils avaient perdu leur propre trace. Ils marchèrent un peu par-ci, un peu par-là, sans rien reconnaître – pas une mousse, pas un tronc.

Les élèves, discrètement hilares, suivaient leurs deux professeurs désorientés.

— Et ça les fait rire, dit Romain entre ses dents.

— Ils ne risquent rien, eux ! répondit Fabien avec sévérité. Tu voudrais en plus qu'ils fassent la gueule ?

Romain se tut et continua à marcher. L'après-midi finissait, il était dix-sept heures passées et une brise froide commençait à se faufiler entre les troncs. Ils avaient essayé d'appeler des secours, mais il n'y avait pas de réseau à cette altitude. Fabien frissonna.

— Peut-être, essaya Romain, si l'on regardait la position du soleil ?

Fabien ouvrit la bouche pour répliquer, quand un enfant – celui qui avait identifié la collybie radicante – vint le tirer par la manche.

— C'est par là, venez.

Le garçon aux champignons prit la tête du cortège. Ses mollets blancs arpentaient devant eux les fougères et les orties, en terrain connu ; la troupe suivait ces deux bâtonnets pâlots comme on suit le lapin d'un conte. L'adolescent s'arrêtait un instant pour lire une indication sur un tronc d'arbre, observer le sens de l'écoulement d'un ruisseau, et repartait en filant. Bientôt, ils furent à l'orée de ce bois obscur et remirent pied sur le chemin balisé qu'ils avaient quitté une heure auparavant.

— Allez, dit Fabien, on ne traîne plus maintenant.

— Avancez sans moi, répondit Romain, je ne peux plus marcher.

Inconfortablement assis au bord du chemin, il retirait ses chaussures, qu'il avait portées pieds nus ; on lui voyait une ampoule presque sous chaque orteil.

— Parce qu'en plus tu n'avais pas de chaussettes, con ?... dit Fabien avec résignation. Ce chantier...

— Abandonnez-moi, je vous assure, lâcha Romain théâtralement. Déjà qu'à cause de moi…

— T'abandonner, je veux bien. Mais devenir le seul accompagnateur du groupe, avec vingt élèves derrière moi ? Ce n'est pas Pôle emploi qui nous attend, c'est la prison !

Les élèves suivaient avec passion leur échange.

— Mais comment faire, alors ? demanda Romain, désespéré.

Vingt minutes plus tard, le petit groupe surgit entre les deux maisons, à l'embouchure du chemin, sur les hauteurs du village. On n'en voyait, de là-haut, que les toits aux tuiles rouges.

Quand ils arrivèrent devant le collège Blaise-Pascal, un comité d'accueil les attendait : plusieurs parents d'élèves, les poings sur les hanches ; mademoiselle Combes, la principale, dans son costume habituel, le makila appuyé sur l'épaule comme un joueur de base-ball ou un insurgé ; et un gendarme à ses côtés.

Les parents sur place se précipitèrent sur leur progéniture, avant même de demander des comptes. Mademoiselle Combes dit quelque chose au gendarme pour le congédier et s'avança au-devant des deux professeurs.

— Mademoiselle, commença Fabien, on est vraiment…

— Taisez-vous, coupa-t-elle. Et vous, descendez de là.

Fabien plia les genoux pour permettre à Romain de redescendre de son dos, puis se redressa sans effort apparent.

— Monsieur Bedenne, vous me décevez. Je vous croyais un peu plus raisonnable. Nous parlerons après les vacances, rentrez chez vous.

Les yeux de la principale étaient étrécis jusqu'à n'être plus que deux fentes, fixées sur le nouveau professeur de français, qui se balançait d'un pied sur l'autre, en grimaçant.

— C'est notre faute à tous les deux, intervint Fabien. On a eu l'idée ensemble.

— Ne vous faites pas plus ridicule que vous ne l'êtes, répliqua mademoiselle Combes, sans quitter Romain des yeux. Je vous ai dit de rentrer chez vous.

Après une seconde d'hésitation, Fabien disparut.

Quelques parents d'élèves s'approchèrent de la principale et du jeune professeur avec un air patibulaire. Mademoiselle Combes s'éclaircit la gorge.

— Toute la lumière sera faite sur cet épisode. Vos enfants sont sains et saufs ; maintenant, rentrez chez vous.

Et elle poussa Romain vers l'entrée de l'établissement, sous la clameur des invectives.

— Vous, dans mon bureau.

L'ascension fut plus pénible pour Romain et ses pieds endoloris que pour la principale. S'appuyant sur sa canne, elle l'attendait en haut de l'escalier.

— Souffrez, dit-elle. C'est la leçon qui entre.

Il releva la tête pour la fusiller du regard, mais elle lui avait déjà tourné le dos pour aller l'attendre au milieu de ses diplômes.

Quand il la rejoignit, elle était assise dans son fauteuil et pianotait sur le cuir de son sous-main de bureau. Un tremblement d'irritation agitait sa lèvre supérieure.

— Vous n'apprenez pas, vous, lui dit la principale alors que Romain s'asseyait laborieusement face à elle. Et comme vous n'enseignez pas non plus, je me demande bien à quoi vous servez.

Le jeune homme voulut se défendre, mais elle leva la main pour l'arrêter et reprit.

— Une fugue organisée ! En trente-cinq ans de carrière, des punitions, j'en ai infligé beaucoup, monsieur d'Astéries. Mais à un professeur, jamais ! Vous mettez à l'épreuve ma créativité. Je pourrais tout simplement vous faire virer, mais mon envie du moment est plutôt de vous suspendre la tête en bas au bourdon de l'église… Enfin, je risquerais des ennuis avec le rectorat.

Elle demeura un instant songeuse, imaginant sans doute des tortures plus raffinées. Romain saisit sa chance.

— Je l'ai fait pour les élèves, vous savez.

— Pour les élèves… ? N'essayez pas de m'amuser.

— Deux garçons nous ont faussé compagnie pour grimper dans un arbre. Sans eux, nous serions rentrés à l'heure.

— Vous ne manquez pas d'air, monsieur d'Astéries. *Nul ne peut se prévaloir de sa propre turpitude.* Vous n'auriez jamais dû organiser cette sortie sans m'en parler, et dès lors ces élèves sont innocents. Gare à vous si j'apprends qu'ils ont été punis.

— Je voulais les sortir de l'univers de la classe, leur faire découvrir la nature, dit-il avec amertume. Il n'y a pas que l'école dans la vie.

Mademoiselle Combes le fixa quelques secondes, impassible, puis éclata de rire. Elle dut se lever et s'appuyer contre le rebord de la fenêtre.

— Vous vouliez... (Elle eut un hoquet.) Leur faire découvrir... la nature.

Elle fondit en un nouveau fou rire.

— J'imagine, continua-t-elle... J'imagine comme ils ont dû vous prendre au sérieux, les gamins... ! Le jeune biquet parachuté de Bordeaux, qui va leur apprendre la nature... à eux ! J'aurais voulu voir ça, tenez... En fait, ce qui me touche chez vous, c'est votre naïveté... Django Reinhardt a révolutionné la guitare avec trois doigts. Vous, vous croyez réinventer la pédagogie avec deux neurones. J'ai peur que vous ne vous voyiez plus grand que vous ne l'êtes, d'Astéries. Savez-vous comment ma pauvre mère vous aurait appelé ? Un tranche-montagne ! Vos essais... Que dis-je ? Vos *romans* pédagogiques vous sont montés à la tête. C'est à Moulins que le ministère aurait dû vous expédier !

Elle soupira avant de poursuivre, plus mélancolique :

— La plus grande part du métier n'est pas créative, blondin, mais répétitive. Les résultats mettent longtemps à éclore et ce n'est pas une carrière pour les impatients. J'en ai connu, des comme vous, qui prétextaient l'ennui des élèves pour se distraire du leur...

Romain gigotait sur son siège inconfortable.

— N'empêche, intervint-il, s'ils n'avaient pas eu l'idée de grimper dans cet arbre...

— *Arrêtez* de me parler de cet arbre ! cria la principale. (Son visage rougi par les larmes de rire exprimait à présent une colère poséidonienne, et elle s'était levée de son fauteuil pour dominer Romain de toute sa hauteur.) Je me *fous* de cet arbre, comme de votre retard, et même de votre escapade, d'ailleurs ! Vous ne m'écoutez pas, d'Astéries. Vous ne comprenez pas qui je suis, ni ce que je veux. Ce que je veux, c'est que vous *enseigniez le français.*

— Comment, mais… ? Et la classe de nature ?

Mademoiselle Combes fit un geste désinvolte de la main, qui devait lui évoquer quelque ancien philosophe.

— Évidemment que votre prouesse ne me ravit pas. Mais nous sommes un collège de campagne, avec une certaine souplesse. Et par ailleurs je ne supporte pas ce nouvel esprit à l'américaine où l'on surprotège les gosses, et où tout est chair à procès. Nos élèves ne sont pas de fragiles petits agneaux… À vrai dire, j'étais plus inquiète pour vous que pour eux. Mais bon, vous êtes suffisamment puni.

Elle fit un signe vers les pieds du débutant, et se rassit lourdement. Le choc fit tomber à plat sur le bureau un cadre vertical entouré de feutrine qui était jusqu'alors tourné vers la principale. Romain n'eut pas le temps de voir la photo qu'il enchâssait : mademoiselle Combes le remit sur pied précipitamment.

— Si je vous comprends bien, reprit lentement Romain, dans le cas où je vous l'aurais demandé, vous me l'auriez accordé, cet atelier nature ?

— Absolument *pas*, espèce de mule ! repartit mademoiselle Combes. Vous n'êtes pas payé pour faire le mariole sur les chemins noirs, mais pour enseigner le français ! Rappelez-moi ce que l'on peut lire sur votre diplôme : berger ? Coach de *trail* en haute montagne ? Ou professeur de français et de lettres modernes ? Je sais de quoi ont besoin ces enfants, et ce n'est certainement pas d'un gourou. Comprenez-moi bien : j'avais l'intention de vous convoquer dans ce bureau avant même vos velléités pastorales. Et c'est pourquoi je vous ai cherché – en vain – tout l'après-midi. Des témoignages sont remontés, monsieur d'Astéries... concernant vos *méthodes*. Jusqu'à présent, je ne disais rien : je voyais les notes des élèves correctement entrées dans notre base de données, et je vous croyais quand vous me disiez suivre le manuel. Mais la moyenne de vos élèves est ridiculement élevée...

Elle prit une feuille imprimée qui se trouvait sous un presse-papiers en forme de chouette.

— ... *Dix-sept virgule six* de moyenne en français, en quatrième, de qui vous moquez-vous ?

— Ils sont assez dégourdis, et...

— Dégourdis ? Il faut voir dans quel domaine. Personnellement, je ne trouve pas qu'un atelier crêpes serve mieux leur connaissance de notre langue et de notre littérature qu'un bon vieux cours magistral.

— Pourtant, en matière d'actes locutoires...

— Monsieur d'Astéries, savez-vous qui est l'homme qui figure sur le pommeau de ma canne ? Cette canne que vous scrutez avec curiosité au lieu de me répondre pertinemment.

— Mais pas du tout.

Mademoiselle Combes se leva de son fauteuil une nouvelle fois en soufflant abondamment, et s'empara de son makila. Elle le brandit en direction de Romain, pommeau en avant, comme pour adouber le jeune homme ; mais il comprit qu'elle le lui tendait. Approchant le pommeau de son visage, il détailla la tête en bois sculpté qu'il remarquait pour la première fois.

— Non, vraiment ? fit Angela Combes. Ces rouflaquettes, là, ces yeux confiants, ça ne vous dit rien ? Quelle génération, bon sang.

Romain haussa les épaules et rendit la béquille.

— Cette tête, mon garçon, est une des têtes les mieux faites que ce pays ait jamais portées, et celle d'un homme qu'il faudrait toujours avoir sous la main. Monsieur Jules Ferry.

Pendant le quart d'heure qui suivit, et alors que le crépuscule s'installait dehors, Romain vit la principale tourner autour de son bureau en relatant, dans un style épique, la carrière de l'ancien ministre de l'Instruction publique.

— Saviez-vous qu'il avait grandi dans une famille de sympathisants révolutionnaires, et que les bustes de Voltaire et Rousseau trônaient à la maison ? Ferry aussi avait une tête à buste. Car oui, il y a des têtes à buste, de même qu'il y a des têtes à chapeau.

— Oui, enfin Ferry avait son *dark side* aussi, contra Romain sans être écouté.

En faisant tournoyer son makila comme une majorette, mademoiselle Combes évoqua les idéaux de Ferry, sa bataille pour l'instruction obligatoire et gratuite, pour l'école laïque, pour l'instruction des jeunes filles, la lutte contre les congrégations, la morale élémentaire… Le jeune professeur était figé sur sa chaise, essayant de disparaître.

— Bref, conclut mademoiselle Combes en revenant sur terre, exactement le contraire de vos idées pédagogiques expérimentales à la mords-moi-le-nœud. Pour l'incident d'aujourd'hui, je vous couvre. L'établissement dans son ensemble va présenter des excuses, plaider le malentendu, l'erreur de communication. Mais vous êtes mon obligé, monsieur d'Astéries. Désormais… (Elle montra du doigt le pommeau de sa canne.) Désormais, cette tête sera votre unique capitaine. Je ne veux plus entendre parler d'atelier bucolique, ni de crêpe ou même de pompe aux pommes, d'*escape game* ou autre ânerie moderne. Quand je passe dans votre classe, je veux entendre les plumes gratter. Ou résonner les noms de Molière, Flaubert ou Baudelaire. Pour que vous ne me preniez pas pour une passéiste, je vous autorise à pousser jusqu'à Jacqueline de Romilly. Mais – pardon – faites-moi *chier* encore une fois, encore une minuscule fois, commettez une simple incartade, et je parle de votre cas au rectorat. J'écris au ministre, et je vous colle un interdit d'enseigner, voire une défense d'approcher le moindre gosse, à vie. Mieux : si le syntagme « maître ignorant » revient une fois de plus à mes oreilles, j'en conclurai que vous considérez vos élèves comme vos enseignants, qu'ils travaillent pour vous, et que vous devez être poursuivi en justice pour emploi dissimulé de mineurs. Vu votre *happening* de cet après-midi, j'ai largement ce qu'il me faut. Compris ?

Le regard en biais, Romain acquiesça.

— Bien, souffla mademoiselle Combes. J'en fais le serment : l'Auvergne sera pour vous le tombeau des mirages. Prenez-le comme une faveur… Maintenant, je vous raccompagne en voiture. Et pour vos pieds, la prochaine fois : chaussettes en polyamide.

Pour le jeune professeur, les vacances de la Toussaint qui suivirent eurent un goût saumâtre. Celui des ambitions stoppées dans leur course, des élans brisés. Pourtant l'énergie était là, bouillonnante, juste sous la surface ; mais Romain faisait amèrement l'expérience de la répression de ces désirs.

Parce qu'il boitait lamentablement, il fut obligé d'évoquer sa mésaventure auprès du père Grange. Et, bien que Romain en eût édulcoré fortement le récit, son logeur s'exclama :

— Se mettre à dos la mère Combes ! Monsieur Romain, là, vous vous êtes assuré de la couleuvre au menu, matin, midi et soir…

Il n'eut pas le courage de rentrer à la maison, à Bordeaux, pour la semaine. Retrouver son lit d'enfant, et avec lui ces regards parentaux qui vous soupèsent et vous jugent à chaque minute ? Rien que d'y penser, Romain en avait comme une sécheresse dans la bouche. Non, il resterait entre le vieux père Grange et son chat somnambule. Grange en prit acte.

Sa rêverie tropicale le reprit : le soir, après son dîner en tête-à-tête avec son logeur, il regardait allongé dans son lit les journaux télévisés guyanais. Fichu, fichu algorithme de DELF. Comme il eût été doux de passer ces mêmes vacances de la Toussaint à perfectionner son coup de pagaie ! Un peu plus tard dans l'année, une fois maître de son véhicule, il aurait pu offrir un tour en pirogue au recteur, lors de sa visite protocolaire…

Ô Cayenne !

Ô fleuve Oyapock !

Ô n'être pas ici, mais sous le toit en tôle de sa case créole, bercé par le fracas d'une mousson tropicale !

Non, ce n'étaient pas les vacances de sa vie.

Pourtant Romain avait l'âme affamée de joutes, de discussions. Sa langue dansait naturellement la gigue. Alors, il montait tout en haut de la bâtisse du père Grange, dans les anciens dortoirs des ursulines aux murs ornés seulement de toiles d'araignées, aux vieux casiers de bois. Les tourterelles qui nichaient dans les génoises le faisaient parfois sursauter par un roucoulement ; mais il était tranquille là-haut, et il ferraillait à loisir contre de fervents adversaires en costume de velours vert, aux positions immuables, comme dans une guerre de tranchées ; il trouvait, à voix haute, de nouvelles manières de les prendre. Il était un chat de chair et d'os tournant autour d'un chat de pierre. Mais il finissait toujours par redescendre jusqu'à sa chambre, épuisé d'avoir tant argumenté, quoiqu'il lui restât sur le cœur une pique ou deux, qu'il décochait sous sa douche en manière de bouquet final. En fin de journée, quand il retrouvait son téléphone – qui traînait immanquablement sous un coussin ou entre deux cahiers –, c'était pour y découvrir plusieurs appels manqués de sa mère.

Pendant ces dix jours, le logeur avait plus d'une fois essayé de sortir Romain de sa spirale, comme quand on veut tirer quelqu'un d'un sable mouvant, et qu'on se trouve soi-même sur la terre ferme.

Il y eut cette fois où un lointain cousin de Grange, qui se trouvait être sourcier, lui avait rendu visite. La voisine voulait faire creuser un puits au fond de son jardin, et devait pour cela connaître l'emplacement exact de l'arrivée d'eau. Ce serait l'occasion pour le jeune professeur de rencontrer une femme qui était en quelque sorte la mémoire du village, et de constater le don du fameux cousin. Une pierre, deux coups.

— Vous verrez, monsieur Romain, c'est très impressionnant. Il tient deux bâtons dans les mains, et quand la source est là, les bâtons vibrent si fort qu'il est parfois obligé de les lâcher.

— Tsss, fit Romain, sans que l'on sût si c'était par incrédulité ou parce que son imagination ne pouvait le concevoir entièrement.

Ce cousin était aussi coupeur de feu ; Romain, que gênait pourtant une douleur récurrente au nerf sciatique, refusa de se prêter à une imposition des mains. Et l'argument du père Grange ne fit pas mouche :

— Qu'auriez-vous à y perdre, monsieur Romain ?

Un autre jour, ils se croisèrent dans l'escalier.

— Je vais rendre visite à un ami qui fait du saint-nectaire, dit le vieux logeur. Ses fromages sont affinés dans un tunnel de la SNCF désaffecté… Cela vaut le coup d'être vu.

— Non, merci… Je ne préfère pas.

Une autre fois encore, c'était un matin, Romain passa devant l'atelier du père Grange et vit son hôte entièrement recouvert d'une sorte de combinaison de spationaute.

— … Bernard, tout va comme vous voulez ?

Grange se retourna brusquement.

— Oui, oui, monsieur Romain, dit-il à travers son masque à gaz, tout va pour le mieux, je m'apprête à traiter la maison au xylophène.

— Au xylo…

— Phène, parfaitement. Il s'agit d'un insecticide puissant, que je dois pulvériser une fois par décennie sur toutes les structures en bois de la maison. Et vu sa surface, ça me prend la journée… (Il hissa sur son dos le mécanisme du pulvérisateur, qui ressemblait à un gros narguilé.) Mais peut-être voudriez-vous me donner un coup de main ?

Le jeune homme fit un signe qui voulait dire : « sans façons ».

— Je me demande, monsieur Romain, si vous ne seriez pas en train de nous couver une petite dépression.

Celui-ci voulut répliquer, mais le son de sa voix fut couvert par le pistolet haute pression de Grange, qui envoyait une première salve de xylophène sur la rangée de solives du plafond de l'atelier.

Le lundi de la rentrée, à sept heures et demie du matin, dans la cuisine sombre du vieux père Grange, éclairée seulement par un faible néon sous la hotte, Romain se surprit à lorgner la liqueur de gentiane. Pourtant il tint bon et, au prix d'un effort dont il s'était cru incapable, il escalada la dune du ressentiment et se plia aux règles édictées par sa principale.

L'interdisciplinarité fut remplacée par la monodisciplinarité. Les *checks* personnalisés, par un salut collectif, à l'entrée du professeur. Et les ateliers créatifs, comme les débats, par des lectures commentées de textes littéraires. Oui, Romain était capable de faire des concessions, mais jamais il ne céderait sur l'ultime tabou : la dictée. Lui vivant, cet exercice rétrograde – et contraire à toutes les conclusions de la science pédagogique de ces cinquante dernières années – ne serait pas pratiqué entre les murs de sa classe.

Mademoiselle Combes le saluait courtoisement quand elle le croisait dans un couloir, d'un air satisfait qui était pire que le mépris. Fabien, lui, pressait le pas et détournait le regard. En vérité, il n'avait pas été sensible aux excuses de Romain, et lui avait d'ailleurs envoyé un texto sans ambiguïté :

c'est vrai tu t'es excuser mais on dirait que t'as pas compris ce que tu avait fait de mal

L'adonis béarnais prétextait toujours des projets avec Julie, la prof de maths : leur idylle était maintenant connue de tous les professeurs, et même de certains adolescents, comme Romain l'avait compris en prêtant l'oreille dans la cour de récréation.

Le jeune homme eut du mal à faire admettre aux élèves, après ce qu'ils avaient vécu ensemble, qu'il faudrait maintenant rentrer dans le rang. Ce ne fut pas de tout repos et ceux-ci le lui firent payer, tant et si bien que Romain passa parfois plus de la moitié du cours à faire de la discipline.

Mademoiselle Combes ne manquait pas une occasion de surveiller ses efforts : elle entrouvrait la porte de la classe et y glissait sa canne pour que Romain pût en apercevoir le pommeau, puis repartait. Les élèves comprirent sans paroles que la force mécanique de leur professeur était soumise à une force mécanique supérieure. C'est peut-être ce qui fit qu'une élève aux yeux en amande vint le trouver à la fin d'un cours, et lui glissa d'un ton de conspiratrice, avant de détaler à grandes enjambées, rouge comme un poivron :

— Ben moi, monsieur, la classe de nature, j'ai trouvé ça trop bien.

Cette confession dessina sur le visage de son professeur un sourire triste, mais suffisant pour qu'il portât de nouveau la tête haute en marchant dans les couloirs du collège Blaise-Pascal.

Reste que Romain, comme il le confia un soir à Henri Regamey dans un message vocal, s'ennuyait. Heureusement, il y avait le réconfort des traités de pédagogie qu'il dévorait le soir, dans sa chambre, ou bien au coin du feu, Sushi sur les genoux.

Il faut dire que l'hiver était venu avec de l'avance, comme un invité indélicat, et les Chaudezatois avaient dû ressortir dès le début du mois de novembre les doudounes stockées dans les rangements à roulettes, les pantalons en laine, les moon boots. Le père Grange avait mis un certain temps avant de lancer le chauffage et Romain s'était habitué à descendre pour son café du matin avec une grosse polaire par-dessus son pull. Il ne la retirait qu'une fois en classe, quand les cours commençaient.

Les jours auraient pu dégringoler ainsi jusqu'à la fin de l'année scolaire si dans leur cours ordinaire n'était pas venu s'interposer un grain de sable : la grande fête du centenaire de l'établissement.

Ce vendredi-là, dans la cour du collège Blaise-Pascal, les adolescents, aussi excités qu'avant une sortie à la piscine, plaisantaient à toute vitesse avec n'importe qui, en émettant des rires stridents. Le portail ajouré de l'établissement s'ouvrit, laissant apparaître par rayures verticales et successives la silhouette impressionnante d'Angela Combes, avec sa chevelure rouge vif fraîchement reteinte, et celle d'un petit monsieur à lunettes qui portait en bandoulière un appareil-photo.

Nous étions au début du mois de décembre et il n'avait fallu au village que quelques centimètres de neige pour changer totalement de visage. Ses bâtiments en pierre de lave, sous un tel masque vénitien, paraissaient saisis en négatif sur une pellicule. C'est dans cette atmosphère au goût de grand renversement que devaient se produire les festivités du centenaire.

Romain n'avait pas vraiment pris la mesure de l'événement. Tous les professeurs avaient pourtant été sollicités pendant les semaines précédentes pour glisser des suggestions dans une boîte à idées, mais il n'en avait rien fait.

Aussi fut-il surpris par l'ampleur du dispositif.

— Les sixièmes, ici ! Les cinquièmes, ici ! Les quatrièmes, par là-bas ! Les troisièmes, de même !

Angela Combes, toujours suivie par le petit monsieur qui n'était autre qu'un correspondant de *La Montagne*, semblait passer en revue ses troupes tout en aboyant des ordres ; elle parlait sans micro, mais la neige qui recouvrait tout avait mis en sourdine la nature environnante, et la principale était entendue sans effort. La circonstance lui avait fait troquer son costume en velours vert contre un manteau en imitation chinchilla qui lui donnait l'air d'un gangster américain.

— Mesdames, mesdemoiselles, messieurs, commença-t-elle sans cesser d'arpenter la cour devant les classes mises en rangs. Nous sommes ici pour célébrer le centenaire de notre établissement, le collège Blaise-Pascal. C'est aujourd'hui que vous pourrez donner toute sa mesure à votre fierté d'en faire partie. Dites-vous… Dites-vous qu'avant que fût posée la première pierre de ce collège, régnaient sur cette colline d'Auvergne – cette Auvergne dont un poète a dit qu'elle avait la peau froide et le cœur chaud – l'ignorance, la bêtise, la vile croyance indiscernable de la superstition. Et qui a pourfendu ces mauvais génies ? Vos instituteurs, pardi, hussards noirs de la République envoyés entre ces murs à l'assaut de vos caboches, aussi arides qu'une terre infertile…

Cela continua comme ça pendant une dizaine de minutes.

— Elle n'en ferait pas un peu des caisses ? chuchota le professeur de SVT au milieu du groupe des autres enseignants.

Il y eut des rires étouffés.

— *Chut*, fit Fabien, absorbé par le discours.

Mademoiselle Combes finit par une dernière envolée lyrique dans laquelle elle embrassa toute la France, ce pays « anciennement maçonné » selon le mot de Ferry, avant de laisser place au lever des couleurs, parallèle au lever de soleil. Le long d'une tige télescopique au mécanisme actionné par un enfant montait, dans le silence, un drapeau tricolore. Quand celui-ci fut au faîte du poteau de fortune, mademoiselle Combes mit un CD dans le lecteur qu'elle avait apporté.

Retentirent soudain du plus profond des enceintes les premières notes bien connues de l'hymne national. Levant une main pour battre la mesure, mademoiselle Combes fit glisser son regard à toute vitesse sur ses élèves, comme si elle les scannait. Quelques voix molles s'élevèrent :

— Allons, *z'*enfants… de la patriii-yeux…

Petit à petit pourtant, les esprits s'échauffèrent et le dernier refrain fut entonné avec passion, au grand bonheur de la directrice. Le silence qui suivit était encore du Rouget de Lisle.

Puis chaque classe aux rangs grelottants fut autorisée à rejoindre sa salle. Mais, tandis que tous s'étaient précipités dans le collège pour y chercher la chaleur, ils y furent saisis d'un froid plus glacial encore qu'à l'extérieur, si la chose était possible.

— Mais qu'est-ce qu'il se passe ? demanda la prof de maths, en se frictionnant les côtes. Ils ont coupé le chauffage, ou quoi ?

— Oui, Julie, intervint mademoiselle Combes, en surgissant parmi eux. « Ils » ont coupé le chauffage. Et « ils » ont fait exprès. Pour que cette journée soit fidèle à la journée d'un élève de 1913… Dois-je vous rappeler pourquoi nous sommes ici ?

— Ah d'accord, dit Fabien, impressionné. Mais à l'époque, ils n'avaient pas une sorte de poêle, ou un truc comme ça ?

— Arrêtez de rouspéter, et rejoignez vos élèves. L'exemplarité commence par vous. Et la cloche a sonné, il me semble !

On n'entendit que les parkas qui se refermaient, les fermetures éclair des doudounes qui remontaient, et les pas qui se dispersaient.

Seul Romain traînait un peu la patte. Il n'avait pas vraiment regardé le déroulé de la journée ; les professeurs avaient été mis en binômes et chaque binôme devait s'occuper d'une classe.

— Vous rêvez, monsieur d'Astéries ?

— Ma foi… Je comprends qu'il y a des binômes, mais je n'ai pas trouvé le mien.

— Vous n'avez pas *cherché*. Les binômes sont punaisés sur le panneau de liège en salle des professeurs, depuis dix jours. Je vais mettre fin à votre quête : votre binôme, c'est moi.

— Mais…

— Mais je ne suis pas professeure, c'est ça ? Certes ! Cependant vous êtes en nombre impair, et je ne pouvais pas vous abandonner.

— Euh... C'est pour toute la journée ?

— Cachez mieux votre joie, monsieur d'Astéries.

Elle fit signe au correspondant de *La Montagne*, qui revenait d'une pause technique.

— D'ailleurs, nous serons accompagnés de monsieur Reyrolle. Allez, en route ! Vos élèves de quatrième nous attendent.

Mademoiselle Combes avait tout prévu. Dans un coin de la classe étaient entreposées une trentaine de blouses de couleur anthracite, sous blister ; l'emballage portait un autocollant de la région Auvergne, avec pour logo un cratère de volcan stylisé accompagné du slogan suivant : « une région juste et grande ». Elle les distribua.

— Je vous demanderai aujourd'hui une discipline exemplaire, dit-elle. Ne serait-ce que par respect pour monsieur Reyrolle, correspondant local du journal *La Montagne*, qui consacrera un article à la journée que nous nous apprêtons à vivre. Donc faites au moins mine d'être sages et appliqués. L'article sera illustré d'une photo – j'espère que vous avez bien rapporté la « décharge » signée de vos parents.

Le ton employé dans cette dernière phrase ne laissait planer aucun doute sur ce qu'une telle précaution moderne inspirait à la principale.

Les élèves mirent plusieurs minutes à enfiler leur blouse en grelottant, et quelques-unes encore à la boutonner.

— Eh oui, ça demande un coup de main ! lança Combes avec satisfaction. Les fermetures éclair n'existaient pas encore.

On commença par le cours d'histoire. Mademoiselle Combes distribua aux élèves des polycopiés issus du *best-seller* de l'époque, la fameuse *Histoire de France* d'Ernest Lavisse, plus connue sous le nom de « Petit Lavisse ». La principale avait voulu mettre l'accent sur l'histoire des Gaulois, « totalement ignorée par les élèves aujourd'hui », ainsi qu'elle l'expliqua au correspondant de presse, qui enregistrait sur un dictaphone, « chose encore moins admissible lorsque l'on est de la région ». Un élève fut désigné pour déchiffrer à voix haute les pages illustrées de Lavisse. Puis Combes interrogea au hasard pour vérifier que la leçon avait été retenue. On lut un passage sur la vie des Gaulois : « *Le Gaulois a les cheveux très longs. Si vous rencontriez un homme comme celui-là dans la rue, vous seriez bien étonnés. Vous croiriez que c'est un sauvage.* » On apprenait qu'il n'y avait pas d'écoles en Gaule ! C'est qu'on passait son temps à aller à la chasse. Les Gaulois avaient aussi des druides. Comme dans la bande dessinée. Et puis ils avaient ce chef, dont parlait le livre : « *Les Gaulois choisirent pour général un jeune homme d'Auvergne, Vercingétorix* ». Ce qui frappa les élèves, ce fut d'apprendre que les Gaulois étaient leurs ancêtres, comme le disait mademoiselle Combes. Ils savaient bien qu'il y avait eu des Gaulois sur le territoire qu'occupait aujourd'hui la France, mais n'avaient jamais pensé à l'idée de filiation. Pas désagréable comme idée, mais était-elle vraie ? Le chapitre se terminait par une courte leçon de morale : « *Il vaut mieux être venu au monde en ce temps-ci qu'au temps des Gaulois !* ».

Romain, les bras croisés, se tenait au fond de la classe, interdit. Il assistait à tout cela avec une fascination passive.

Le déjeuner au réfectoire fut bienvenu. Pareils à des mammifères apeurés et nécessiteux, les élèves se collèrent les uns aux autres pour se réchauffer, et reconstituèrent ainsi leurs grappes naturelles. Romain passa avec son plateau à la suite du prof de SVT qui avait fait une remarque le matin même pendant la cérémonie. Le déjeuner n'était pas lugubre sans être tout à fait riant : du picoussel en entrée – un mets paysan de la Haute-Auvergne, entre le pâté et le gâteau salé – servi avec une salade, et du gras-double en plat, accommodé avec un peu de tomate.

— Vos petits ancêtres n'auraient pas eu la sauce tomate, lança la principale à la cantonade. Mais ce n'est pas parce qu'on s'appelle Blaise-Pascal qu'on est obligés de faire dans le jansénisme.

— Elle dit ça, chuchota le prof de SVT, en allant s'asseoir non loin de Romain. Mais l'un des cuistots m'a glissé qu'ils avaient dû insister pour cuisiner à l'électricité. Elle voulait qu'ils mitonnent un repas au flambadou, cette sadique.

— Ah, donc ça aurait pu être pire, répondit Romain en étudiant les tripes qui flottaient dans son assiette creuse.

— Difficile à croire, mais oui.

Le programme de l'après-midi était encore plus chargé. À titre informatif, mademoiselle Combes fit découvrir aux quatrièmes un manuel de lecture cher à l'école d'antan : la méthode Boscher.

— Bien sûr, vous savez déjà lire, dit-elle d'une façon qui laissait entendre que cela n'avait rien d'une évidence. Mais vous pourrez y trouver quand même du grain à moudre.

Les exemplaires de la méthode avaient été prêtés par le réseau des médiathèques du Livradois-Forez, partenaires de l'opération. On y suivait la vie de deux enfants de la ferme ; avec eux, on découvrait le monde à partir des lettres, qu'on reliait pour former des syllabes, puis des phrases. *O* + *U* faisait *ou*, *P* + *O* + *U* faisait *pou*, *P* + *O* + *U* + *L* + *E* faisait *poule*, et la poule faisait « cot, cot ». C'était comme ça. Mademoiselle Combes posa pour le correspondant de *La Montagne*, un exemplaire de la méthode Boscher en main, une élève avec elle.

Cette révision fut suivie par un temps de lecture. Bien évidemment, il ne s'agissait pas de lire n'importe quoi.

Les médiathèques de la région avaient également prêté dix exemplaires du *Tour de la France par deux enfants*, dûment plastifiés. Dans ce « livre de lecture » emblématique de la IIIe République, écrit par Augustine Fouillée sous le pseudonyme de G. Bruno, deux enfants, André et Julien, étaient rendus orphelins par la guerre franco-prussienne. Guidés par l'amour de leur prochain et celui de la patrie – bien que modérément militaristes –, ils sillonnaient leur vieux pays ridé pour apprendre le métier de vivre et devenir des hommes accomplis. Prétexte à faire découvrir les régions françaises et leur savoir-faire ainsi que leurs grands hommes, le récit était illustré par des vignettes informatives. Après avoir survolé les premières pages, les élèves du collège Blaise-Pascal indifférenciés dans leur blouse anthracite furent invités à sauter directement au chapitre sur l'Auvergne : André et Julien y découvraient les volcans.

Romain, lui, était carrément affalé sur une table, au fond de la classe. La terre pouvait s'écrouler qu'il ne bougerait pas le petit doigt.

— Mais en fait, mademoiselle, demanda une adolescente en levant lentement la main. L'Auvergne, elle a toujours été là ? Même avant Jésus-Christ ?

— Eh oui, bien avant Jésus-Christ, et même sept siècles avant lui.

La question était pertinente, car de nouveau, dans le voyage des deux garçonnets, l'Auvergne était mythifiée, impérissable, immarcescible comme la princesse des contes. De nouveau, Vercingétorix faisait son apparition. De nouveau « nos ancêtres les Gaulois », de nouveau ce peuple « grand et robuste » qui estimait avant tout « le courage et la liberté ». Les élèves trouvaient dans le fait qu'il fût auvergnat (on disait alors « arverne ») quelque chose de grisant. Et puis, André et Julien avaient vu comme eux, environ cent quarante ans auparavant, la plaine de la Limagne ! Ceux de la classe qui la connaissaient n'y avaient vu qu'une plaine. Mais pour André et Julien dans le roman, c'était une étendue merveilleuse, abondante, féconde. Ils n'auraient pas été surpris d'y trouver de l'or…

— Vous, mes petites filles, vous auriez sans doute été dentellières, comme celle que l'on voit dessinée page 123 ! C'était un métier difficile, usant, ingrat… précisa Angela Combes.

Plus d'une fille de la classe eut un frisson en lisant les lignes instructives qui suivaient : « *Les dentellières ont souvent le tort de tenir leur métier sur les genoux, au lieu de le placer sur une table ; elles peuvent ainsi devenir contrefaites et même, à la longue, s'exposer aux paralysies à cause de la position immobile qu'elles gardent pour ne pas ébranler leur métier.* » Les paralysies ! Cela faisait vraiment peur. Tout autant que le risque de devenir « contrefaite » : le mot seul donnait la chair de poule. À moins que ce ne fût l'absence de chauffage.

Mademoiselle Combes leur fit lire après cela des lettres de poilus. Elle trichait un peu, car il n'y avait pas encore de poilus en 1913 ; mais cela restituait bien l'ambiance et l'esprit de la IIIe République.

Rémi profita d'un léger flottement pour envoyer une gomme sur Brendan, qui se trouvait devant lui.

— *Ta, ta, ta !* Prends ça, espèce de Boche !

Angela Combes l'avait vu.

— Jeune homme ! Votre nom ? Levez-vous, et venez devant vos camarades.

Rémi, la tête basse, s'exécuta. Avec un air de clown, il se mit au garde-à-vous auprès du bureau du professeur.

— Tournez-vous vers le bureau et penchez-vous en avant, dit Angela Combes.

Le garçon n'en menait plus large. Il jetait des regards inquiets en direction de ses camarades.

S'approchant de lui avec sa silhouette massive, mademoiselle Combes leva soudain haut dans les airs son makila, dont elle enserrait fermement le pommeau.

Dans cet instant suspendu, les rangs firent entendre une surprise indignée. Le correspondant de *La Montagne* regardait alternativement les élèves et la principale, l'œil agité de tics. Romain ouvrait des yeux ronds.

— Madame ! l'arrêta enfin une élève. Vous allez pas le taper, quand même ! Vous avez pas le droit !

— Surveillez votre langage, jeune fille. Vous me copierez cent fois ces deux phrases avec la négation correcte. En effet, je ne vais pas molester votre camarade – ne serait-ce que parce que c'est interdit. Je vous montre seulement ce qu'il aurait subi s'il avait été aussi dissipé en classe il y a cent ans !

Et Angela Combes – d'un arc de cercle, comme pour faire des ricochets – effectua le geste de cingler le pauvre Rémi, penché en avant sur le bureau ; elle stoppa le trajet de la canne à quelques centimètres de son postérieur. Le mouvement fut reproduit à plusieurs reprises pour édifier son auditoire. Puis une jeune fille éclata de rire, suivie par toute la classe. Rémi se redressa et revint à sa place, les yeux baissés.

— D'autres candidats pour jouer les poilus ? demanda Angela Combes à la classe entière, qui avait cessé de rire. Bien, on continue… avec une petite dictée !

Romain se redressa d'un seul coup.

Mademoiselle Combes avait préparé une dictée qui, expliqua-t-elle, serait notée comme sous la IIIe République (un point en moins par faute, et *oui*,

Isaure, on pouvait descendre au-dessous de zéro). Il s'agissait d'un texte de Huysmans, débordant de fleurs rares, de parfums aux noms capiteux, de subjonctifs imparfaits vicieux.

Au comble de l'indignation, Romain s'était levé et marchait de long en large en fulminant, incapable de déterminer une conduite à tenir ; il croisait les bras, les décroisait, mettait ses mains dans ses poches puis dans ses cheveux.

Mademoiselle Combes tapa dans ses mains pour faire sortir aux élèves une feuille et un stylo.

— Estimez-vous heureux que je ne vous fasse pas écrire à la plume et à l'encre !

Et la dictée fut. Heureuse comme une petite fille, mademoiselle Combes passait parmi les rangs silencieux en déclamant le texte d'une voix caverneuse, tout en insistant sur les liaisons histoire d'aider un peu. Le correspondant de presse, pour les besoins de son article, voulut lui aussi s'y soumettre. D'abord bravache, il déchanta rapidement devant la difficulté de l'exercice : le lendemain, les lecteurs de *La Montagne* liraient sous sa plume qu'il n'était jamais allé aussi loin dans le journalisme gonzo.

— « *Quelques-uns, virgule*, énonça mademoiselle Combes, *surtout le Madame Mame, virgule, imitaient le zinc, virgule, parodiaient des morceaux de métal estampé, virgule, teints en vert empereur, virgule, salis par des gouttes de peinture à l'huile, virgule, par des taches de minium et de céruse…* »

Elle se pencha sur une copie.

— Teints-*zzz*-en vert empereur… appuya-t-elle.

— Mademoiselle, est-ce que ça compte comme une vraie note ? demanda une élève, paniquée.

— Bien sûr que ça compte comme une vraie note, répliqua Angela Combes. La péronnelle ! Allez, relisez-vous.

Et elle fit un clin d'œil au correspondant du journal.

Romain, lui, avait choisi de regarder ses pieds. Son genou tressautait.

Une fois les copies ramassées, on entendit la sonnerie de la récréation de l'après-midi. Les élèves se précipitèrent dans la cour ; mais Romain n'était pas au bout de ses peines.

— Ça y est, la journée du centenaire est finie ?

— Expliquez-moi pourquoi je me fatigue à faire des programmes, monsieur d'Astéries. *Non*, la journée n'est pas finie. Nous allons nous rendre tous ensemble dans la cour de récréation, pour une initiation aux danses traditionnelles auvergnates. Une manière de terminer dans la joie et la bonne humeur, si vous voulez.

Romain en resta muet. Il se contenta d'emboîter le pas à la principale claudicante.

Le pâle soleil d'hiver avait vaillamment fait fondre la neige. Le béton était là-dessous, recouvert de lignes de différentes couleurs et qui se croisaient, celles du terrain de basket, du terrain de foot et de handball.

Il y avait plus de garçons que de filles ; trois de plus, exactement. Deux d'entre eux durent se mettre ensemble en ronchonnant, et mademoiselle Combes s'associa avec le dernier, qui ne pipa mot. Le correspondant de *La Montagne* fut chargé d'appuyer sur le bouton de la chaîne pour lancer la musique – le CD paraissait emprunté à une médiathèque des environs, peut-être celle d'Olliergues ou de Cunlhat. C'était une musique à trois temps, à la fois triste et entraînante, qui évoquait d'anciennes amours, des guinguettes révolues. Angela Combes laissa s'écouler cinq ou six mesures avant de donner les consignes.

Pour l'exemple, elle réalisa d'abord les passes avec son partenaire, un élève de troisième nommé Josselin qui lui arrivait à peine au nombril. Certaines de ces passes nécessitaient de faire la toupie : Josselin eut plusieurs fois les pieds qui décollaient du sol alors que mademoiselle Combes le faisait tourner, acrobatie qui ne figurait pourtant dans aucun manuel. Puis on remit la musique au début et les autres durent les imiter.

Au son de l'orphéon, de la vielle à roue et de la cabrette, au rythme d'une mélodie sans paroles, les élèves exécutèrent les premières figures. Angela Combes leur enseigna la chorégraphie de la crouzade, où les participants ne se touchent guère, mais aussi la figure du tiroir, où l'homme et la femme font un pas latéral, puis un frappé. Puis il y eut la chaîne anglaise, le moulin, le croisé ou la poursuite. Les élèves s'amusaient follement : cela ressemblait beaucoup aux jeux de coordination et de mémoire qu'ils avaient pratiqués dans la cour, quelques années auparavant seulement. Ils avaient presque tous fait tomber leur manteau derrière eux, sur le béton nu.

Le correspondant de *La Montagne* tournait autour des danseurs en les photographiant. Romain, lui, observait avec le regard fixe, un peu à l'écart des autres professeurs. Son poing était serré.

Le lundi suivant, toute la région était à nouveau recouverte d'une épaisse couche de neige, tombée sans discontinuer pendant le week-end. Pour se rendre au collège, les enfants harnachés comme de petits Canadiens serpentaient entre les congères qui avaient poussé sur les trottoirs à la façon de stalagmites. Il n'y avait que Romain d'Astéries qui semblait traverser les saisons avec indifférence : le professeur portait ses beaux mocassins en daim avec des socquettes courtes, invisibles ; son pantalon en velours lui arrivait au-dessus de la malléole. Mais il avait le visage gonflé, et ses narines étaient irritées comme s'il avait passé le week-end à se moucher avec du papier toilette.

— Monsieur, vous allez bien ? s'enquit un élève.

— Ça va, je te remercie, Enzo, répondit Romain d'une voix lasse. Écoutez, les enfants, j'ai bien réfléchi pendant ce week-end, et… Avant de vous donner mon sentiment : qu'avez-vous pensé, *vous*, de cette journée du centenaire ?

Les expériences des élèves se croisaient harmonieusement. Ils avaient eu froid pendant *La Marseillaise* mais ils avaient bien aimé chanter à l'unisson. Le cours d'histoire était un peu ennuyeux mais l'aventure d'André et Julien les avait intéressés. Enfin, plus d'un élève avait « adoré » le cours de danse auvergnate.

— Mmm, fit Romain.

Il caressa longuement son menton glabre.

— Je souhaite néanmoins, et même si je n'en ai pas le droit, vous faire un retour succinct qui n'engage que moi sur cette journée-là. Parce que vous méritez un autre son de cloche. Mais d'abord, je voudrais que vous me promettiez que ces propos resteront entre ces quatre murs. Levez la main pour promettre ?

Lentement, tous les élèves levèrent la main.

— Bien. Mes petits enfants, vous avez été victimes de ce que l'on appelle : *la propagande.*

Et Romain se mit à désosser méthodiquement la journée qu'ils avaient vécue, comme s'il s'était agi d'un concept postmoderne. La bourrée auvergnate fut l'épisode qui suscita le plus d'indulgence de sa part, quoiqu'il eût préféré un « module sur les danses du monde » en contrepoint, afin d'éviter le piège de l'ethnocentrisme. Mais il blâma les blouses, « reliquat du passé », preuve d'une « nostalgie de l'uniforme » dont le nom même portait la flétrissure : *uniforme* ! Que dire de plus contre cette rêverie d'un enfant formaté, aux aspérités ébarbées sur le lit de Procuste d'une société avide d'homogène ? Ressusciter le costume du passé, c'était également en réveiller les passions mauvaises.

Le lever de drapeau ainsi que *La Marseillaise* l'avaient indigné tout à fait. Il eut beau rappeler que c'était une reconstitution, et que la réalité d'aujourd'hui prévenait de tels abus, il ne put s'empêcher de craindre que le virus du patriotisme eût été inoculé à l'un de ses élèves. Il suffisait de quelques secondes d'exposition ! Heureusement, mademoiselle Combes – involontairement sans doute – avait aussitôt fourni l'antidote, puisqu'elle avait lu des lettres de poilus, vraiment dissuasives ; eh oui, car il y avait *continuum* entre lever de drapeau et tranchées. Pas de drapeau, pas d'hymne, pas de guerre ! exposa Romain. Il fit miroiter à ses élèves les bienfaits d'une société sans patrie, et sans drapeau : la bonne entente entre chacun de ses membres, le mépris de la propriété privée, l'échange de bons procédés, le troc...

Sur la dictée en elle-même, il n'y avait rien à dire qui n'eût déjà été dit par d'autres, et mieux : si ses élèves le souhaitaient, Romain leur ferait passer un article écrit par un linguiste dans une revue universitaire de pédagogie positive, qui réglait son compte à cet exercice vain et passéiste. Convoquant Wittgenstein, Lacan et Noam Chomsky, l'article de dix-huit pages démontrait implacablement que l'orthographe et le fascisme étaient étroitement connectés, que la grammaire était intrinsèquement arbitraire et la notion même de vocabulaire, suspecte.

Romain avait déjà livré une belle performance rhétorique, mais il lui restait le plus gros morceau. Il prit une lampée d'eau de Volvic et reposa la bouteille en plastique sur un coin de son bureau.

— Et enfin, puisqu'il faut bien que j'en parle... On vous a fait lire des extraits du *Petit Lavisse.* Ce manuel qui commence par une injonction : « tu dois aimer la France, parce que la Nature l'a faite belle, et parce que l'Histoire l'a faite grande » ! Tsss. Rien ne vous frappe dans cette formulation ? Pourtant, vous découvrirez bien vite dans votre vie sentimentale que le verbe *devoir* s'accorde mal avec le verbe *aimer*... Et on vous a parlé de « vos ancêtres les Gaulois », cerise sur le gâteau ! Cette fable ridicule est une pure invention du XIXe ! Les Gaulois sont un peuple de *losers* arriérés, complètement ratatinés par les Romains ! Si nous avons des ancêtres, ce sont ces derniers. Et ne venez pas me parler de génétique, cette science qu'adoraient les nazis... Savez-vous qui a usé et abusé de cette formule, « nos ancêtres les Gaulois » ? Le régime de Vichy, bien sûr, à qui plaisaient tant les descriptions fantasmatiques de ce peuple blond aux yeux bleus, et aux épaules carrées ! Non, croyez-moi, mes enfants, vous ne descendez pas des Gaulois...

Romain laissa un peu traîner sa voix enrhumée en cherchant des yeux quelqu'un dans la salle. Ses yeux se posèrent sur Jeanne Popescu, au dernier rang, et il conclut sa tirade en forme de péroraison :

— ... Et surtout pas toi, Jeanne !

Il avait dit cela avec une sorte de jubilation dans le regard, mâtinée d'excuse ou de commisération.

Le sujet fut clos, le pacte du secret prenait fin et la journée de travail pouvait se mettre en branle. Il serait question aujourd'hui une nouvelle fois des différents types de textes... Mais Jeanne Popescu se leva brusquement de sa chaise et se rendit à grands pas vers la porte en se cachant le visage.

— Jeanne… ? demanda Romain. Je peux…

Avant qu'il eût achevé sa phrase, elle était sortie de la classe en claquant la porte derrière elle, laissant tout le monde sur le carreau.

De sa mise en lumière par son professeur, qu'elle avait d'abord appréciée, de l'attention que faisait porter sur elle le cycle roumain, du reproche que lui avait adressé son amie Laure de « faire l'intéressante », de cette rupture d'amitié puis du rabibochage, Jeanne avait tout gardé pour elle, tout, jusqu'à ce lundi soir où elle était rentrée chez elle après avoir claqué la porte de la classe, les yeux rougis par les larmes, sans croiser personne ; elle était allée se réfugier dans sa chambre. Elle ne voulait plus être distinguée, elle ne voulait plus être repérée, elle ne voulait plus être spéciale : elle voulait juste être Jeanne.

When my soul was in the lost
and found
You came along to claim it

La jeune fille ne ressortit de sa cachette qu'en entendant la musique du disque favori de sa mère monter jusqu'à ses oreilles. Elle descendit au salon, ayant replacé sur son visage le masque impassible de l'adolescence.

— Oh, mais qui voilà ? Ma nièce !

Ion Popescu – dit Nelu –, le frère jumeau du père, était venu pour le dîner. Les parents de Jeanne et lui-même encerclaient la table basse, sur laquelle se trouvaient des noix de cajou ainsi qu'une bouteille de prosecco dans un seau rempli de glaçons.

— On n'attendait plus que toi, ma chérie, dit Inès. Viens !

— Qu'est-ce que vous fêtez ? répliqua Jeanne d'une voix blanche.

— Assieds-toi, je te raconte, dit Nelu.

Et *pop* – il fit sauter le bouchon du prosecco.

Il n'était pas un sosie de Bogdan. Né vingt minutes avant son frère jumeau, il était légèrement plus grand, légèrement plus carré ; ses mains étaient également moins subtiles. C'était un fonceur, redouté dans les affaires. Bogdan et lui avaient la même voix à peu de chose près, mais leurs caractères différaient : si Nelu prisait la confrontation directe, Bogdan était plus sinueux ; le premier était plus sérieux, plus obstiné, le second plus joueur, plus farceur même – la grand-mère de Jeanne le surnommait *glumeț*, « le farceur » en roumain.

— Ça y est, dit Bogdan en levant sa flûte, ton oncle a obtenu le financement décisif !

Nelu était un néo-entrepreneur. À 50 ans passés, célibataire et sans enfants, il quittait un emploi stable dans un conseil d'administration pour lancer une marque auvergnate de fournitures de bureau.

— Bravo, mon *beauf* ! dit Inès en levant à son tour sa flûte.

Jeanne eut droit de tremper ses lèvres dans le prosecco et alla se servir ensuite un 7 Up dans la cuisine.

Bogdan avait cuisiné un magret de canard : penché sur la table où tous étaient attablés un peu plus tard, il en découpait des tranches pour les répartir dans les assiettes. La conversation, sans entrer dans les détails du produit, portait exclusivement sur le succès de Nelu. Inscrit dans une *démarche qualité*, celui-ci misait beaucoup sur le *made in France* et plus encore sur le *fabriqué en Auvergne* pour attirer des investisseurs. Cela lui avait réussi : il avait eu assez de nez pour prendre tôt la vague du local et des identités régionales renaissantes.

Inès, Bogdan et Nelu s'interrogeaient sur l'opportunité de placer, ou non, un petit drapeau français sur l'emballage. La discussion était rendue plus vive, plus magnétique, par les souvenirs que suscitait la mention de ce drapeau, à commencer par celui de la naturalisation des jumeaux, à leur majorité. C'était Nelu qui avait poussé son frère dans cette entreprise, qui n'avait rien d'obligatoire, mais qui venait entériner une situation de fait : ils étaient arrivés en France à l'âge de 2 ans, et leur vie était ici. Ils se remémorèrent le test de connaissance du pays, pour lequel il fallait apprendre par cœur des listes entières, notamment celle des grands personnages de l'histoire de France. Un jour, ils avaient eu rendez-vous à la préfecture et étaient passés l'un après l'autre : citez cinq régions françaises, trois spécialités culinaires, la devise de la France, citez le nom de l'actuel président, celui du ministre de la Défense, l'hymne national, les droits et les devoirs du citoyen français, expliquez la notion de laïcité, que vous évoque le règne de Louis XIV, ou le serment du Jeu de Paume ?

— Pour ton emballage, conclut Bogdan, je pense que le blason de l'Auvergne suffit. Sinon, ça risque de faire ceinture et bretelles.

Jeanne, le nez dans son assiette, paraissait indifférente. C'est sans doute pourquoi elle surprit son monde en se tournant vers sa mère, pour lui demander soudain :

— Maman, c'est vrai que je ne suis pas gauloise ?

Les deux frères posèrent leurs couverts lentement sur la toile cirée aux couleurs vives.

— Comment… ? Qu'est-ce que tu as dit, ma fille ? dit Bogdan.

Jeanne répéta sa question.

— Explique un peu, pour voir ? demanda Nelu à haute et intelligible voix, en rapprochant ses mains comme pour prier.

Jeanne ouvrit la bouche et alors ils surent tout, le cycle transdisciplinaire, l'accent mis sur la Roumanie, les expérimentations pédagogiques de leur professeur qui s'étaient arrêtées abruptement, la trêve bienvenue, puis la journée du centenaire et cette remarque, apparemment bienveillante : *surtout pas toi, Jeanne.*

Inès, embarrassée, s'essuyait les lèvres avec sa serviette. Les jumeaux, eux, après s'être tus suffisamment longtemps pour faire chuter de deux degrés la température de leur viande, se regardèrent dans les yeux.

— Tu… Tu savais cela, mon frère ? finit par demander Nelu sur un ton étrangement calme, une paupière se fermant à contretemps.

— Non, tu t'en doutes… fit Bogdan.

Nelu, empoignant sa fourchette et la serrant aussi fort que possible, se leva de table, délaissant son assiette, pour aller se mettre dans un coin de la cuisine, dos aux convives.

— Chéri, il faut demander à rencontrer ce professeur, dit Inès fermement. Il veut sans doute bien faire, mais en prenant Jeanne à partie, il la marginalise et finit par lui nuire. S'il est suffisamment intelligent, il comprendra ce qu'on lui dit.

— Peut-être… dit Bogdan d'un air bizarre.

Inès prit un ton décidé.

— Je vais lui écrire un mot dans le carnet de corr…

— Non ! interrompit l'oncle, qui s'était retourné soudain en brandissant sa fourchette, une veine battant dangereusement à sa tempe. Non, non, non, Inès ! Là, c'est trop ! Dis quelque chose, Bogdan !

— Nel…

— C'est dingue… tempêtait Nelu en marchant autour de la table. Dingue… On ne sera jamais français aux yeux de ces gens, aux yeux de ces petits marquis avec la bouche en cœur, malgré les procédures, malgré les papiers par milliers, et tout ça à cause de ce nom qu'on doit traîner derrière nous, comme un nez ingrat qu'on fait refaire, et qui ressort intact à chaque nouveau gosse ! On aura beau parler la langue sans un zeste d'accent, bouffer des tonnes de salers et de truffade, soutenir l'équipe nationale, régionale, départementale, ils nous prendront toujours pour des bidons, ils nous renverront toujours à nos origines, parce qu'à leurs yeux on sera éternellement des citoyens de seconde zone, nous, nous qui sommes plus profondément français que cette demi-portion, ce carencé en protéines, cet ectoplasme, ce pommadé, nous qui nous sommes battus pour l'être, alors qu'il n'a fait que se donner la peine de naître – et encore, il n'a pas fait le plus gros du travail –, ce fort en thème, pour qui il nous prend, des laveurs de pare-brise, des voleurs de poules, des racketteurs de cuivre, des superstitieux qui retournent les bols les nuits de pleine lune et qui se cachent le visage quand on veut les prendre en photo pour ne pas se faire voler leur âme, non mais tu sais ce qu'il mérite, ce Poil de carotte à deux balles ? Une petite descente au collège, purée, Bogdan, comme avec Lonsonier ! Ouais, voilà ce qu'on va faire, on va lui écraser le nez, on va lui péter les genoux, on va lui disloquer la mâchoire, on va lui vitrifier…

— Mieux que ça, coupa le père de Jeanne, le visage radieux. Nous allons l'inviter à dîner.

À la fin de la semaine suivante, alors que le village se préparait à fêter Noël, que les voitures portaient toutes des chaînes à leurs pneus, et que l'opérateur de la scierie avait correctement livré ses stères de mélèze, de chêne et de noisetier pour les âtres tièdes, Romain d'Astéries se présentait sur le perron des Popescu, au 2, passage Cervantès, un bouquet de renoncules à la main. Il n'était pas encore vingt heures. Ses chaussures en daim étaient rendues plus foncées par l'humidité, et de la neige s'était introduite à l'intérieur ; un vent glacial s'engouffrait aussi entre sa chemise et sa veste, faisant frissonner Romain et voler sa tignasse blonde, comme les colonnes gonflables publicitaires des agences américaines. Il avait sonné, mais personne ne venait ; il en profita pour promener son regard le long de la façade joliment décorée de la maison du 2, passage Cervantès. L'arcade au-dessus de la porte était ornée d'une majolique, et à l'une des fenêtres latérales pendait – Romain s'y attarda avec un œil interrogateur – une grappe de treize têtes d'ail.

Le lendemain de l'incident avec la porte claquée – que Romain avait pris pour la réplique sismique d'une querelle adolescente ou d'une amourette contrariée –, Jeanne était venue, d'un air neutre, lui déposer son carnet de correspondance. Romain avait été ravi d'y découvrir, sous la plume aux lettres rondes de la mère de Jeanne, une invitation à dîner. Ce n'était pas très protocolaire, mais Jeanne n'était pas une élève comme les autres, et il espérait profiter de l'occasion pour évoquer avec ses parents l'implication de leur fille dans le cadre de la thématique interdisciplinaire de l'automne. Il avait accepté.

— C'est pour nous ? Il ne fallait pas… lui dit la femme qui avait ouvert enfin sa porte, d'une voix trouble et sfumateuse, comme modifiée par un logiciel de brouillage.

— Ce ne sont que quelques fleurs, bafouilla-t-il sans trouver lui-même son timbre naturel.

Elle portait une blouse aux couleurs bouffantes et aux manches vives par-dessus un épais pull en laine, ainsi qu'un fichu sur les cheveux. Tout embarrassé sans son bouquet entre les mains, Romain la suivit à l'intérieur. Pour le mener dans la salle à manger, elle le fit passer par un long corridor, dont il put observer les murs recouverts d'une tenture tissée qui devait être typiquement roumaine ; alors qu'il en admirait les motifs géométriques, il ne put retenir son exaltation :

— Ces tissus sont magnifiques…

Mieux que de simplement voir, il *reconnaissait.* Ces losanges apparemment anodins, ne disaient-ils pas à eux seuls un sentier entre les collines, une masure à la cheminée fumante, une vieille et modeste femme écossant des haricots sur un banc en plein air ?

La mère de Jeanne lui fit signe de continuer le long du couloir. Ils arrivèrent dans la cuisine. Là, entre deux placards verticaux dont la porte en verre révélait le contenu, accroché au mur à hauteur des yeux, se trouvait un tableau, d'un mètre de haut, qui représentait en contre-plongée l'ancien dirigeant communiste Nicolae Ceaușescu, le regard tourné vers l'avenir merveilleux d'une société sans classes. Romain le reconnut, il en avait été question plusieurs fois en cours, lors du cycle transdisciplinaire. Le bilan de cet homme à la tête de la Roumanie était mitigé – certains Roumains le regrettaient, disait-on – mais par-delà les clivages, ce portrait était superbe, à n'en point douter.

— Merci, merci de votre invitation, en tout cas, dit Romain en se penchant en avant vers la mère de Jeanne, les mains jointes en prière. *Mulțumesc, mulțumesc*... Ah !

Il poussa un cri de surprise en découvrant derrière lui, grâce au reflet d'un des placards vitrés, deux hommes silencieusement assis à table. L'un d'eux eut une toux soudaine. Leur visage à moitié recouvert par une moustache énorme, carnavalesque, n'était pas tourné vers Romain, qu'ils ne parurent d'abord pas voir. Coiffés tous les deux d'un bonnet un peu ringard qui dépassait de beaucoup le sommet de leur crâne, comme s'ils cachaient au-dessous un lérot roulé en boule, ils étaient emmitouflés dans plusieurs couches de laine, assis devant une vaisselle simple ainsi qu'une cocotte encore recouverte. Un troisième couvert était mis. Pour la mère ? Pour lui, Romain ?

Le jeune professeur, qui se tenait au garde-à-vous comme quelqu'un qui espère une présentation en bonne et due forme, quelqu'un qui aurait même préparé un petit laïus à cette occasion, fut interpellé par le premier jumeau. En fait d'introduction, celui-ci leva les yeux vers le professeur et lui intima d'une voix caverneuse et imprégnée d'un fort accent oriental :

— À table.

Romain eut alors les jambes chancelantes et se fit offrir une chaise avec un soulagement visible. Il scrutait nerveusement l'un, puis l'autre homme : ils avaient le visage rougi, cuivré, au point qu'ils paraissaient maquillés. Les frères – car ils étaient frères, c'était évident – se ressemblaient comme deux gouttes de liqueur de châtaigne. Si l'un avait néanmoins des mains d'artisan, l'autre avait de plus larges épaules. Mais les deux avaient les yeux sombres de Jeanne.

— Un peu *ţuică* pour professeur de ma fille, dit l'homme aux mains d'artisan.

L'autre n'avait pas encore tourné le regard vers Romain et gardait les yeux fixés sur la cocotte au centre de la table. Le premier saisit la bouteille en plastique dont l'étiquette indiquait une marque d'eau minérale et en versa dans un verre à moutarde, avant de le faire glisser vers leur invité. Celui-ci comprit qu'il ne s'agissait pas d'eau alors qu'il en recevait immédiatement aux narines la capiteuse odeur de prune. Gêné, il l'approcha de son visage et fit tourner le verre pour réveiller les arômes, comme on le lui avait appris pour le bordeaux. Puis il reposa le verre.

— C'est très gentil, mais je ne bois pas vraiment d'alc…

— Vous boire ça. Vieille coutume roumaine.

Le ton de celui qui semblait être le père de Jeanne ne souffrait aucune réplique.

— Avec plaisir dans ce cas, répondit Romain, et il engloutit les trois quarts du verre cul sec, à l'instar de ses deux hôtes.

Descendant le long de ses boyaux aussi harmonieusement qu'une batterie de casseroles tombant dans un escalier, l'alcool le fit tousser violemment ; les deux frères n'y prêtèrent aucune attention.

— Concours ! meugla brusquement celui des deux qui s'était tu jusqu'alors, avec un accent similaire au premier.

Il prononçait « conne cure ».

— Ça venir, répondit le père de Jeanne. Toi calme.

De quel concours parlaient-ils ? La mère semblait avoir disparu ; en tournant légèrement la tête, Romain vit pourtant le haut de son crâne dépasser du canapé, dans le salon.

— Dans Roumanie, femmes pas prendre repas avec hommes, expliqua le père, qui semblait avoir intercepté ce regard.

De fait, des bruits de couverts provenaient du salon.

— Ah ! fit Romain, mortifié.

Avant d'ajouter aussitôt avec empressement, soucieux de dissiper un éventuel malentendu :

— Je respecte !

Comme si, par une étrange équation, le typique annulait le scandaleux.

Le père de Jeanne souleva le couvercle de la cocotte qui trônait au milieu de la table. Son frère regarda à l'intérieur ; il tremblait presque de fébrilité et une veine saillait à sa tempe. Le plat, lui, était plein à ras bord de petites saucisses brunâtres, qui paraissaient grouiller comme des limaces.

— Ça *mici* de Pleşcoi, dit le père.

Avec une écumoire, il en pêcha cinq, qu'il déposa dans l'assiette du jeune professeur. Une coutume roumaine consistait à en manger le plus possible, expliqua-t-il ; s'y soustraire eût été un camouflet pour l'hôte autant qu'un déshonneur pour l'invité, ainsi que le comprit Romain.

— Merci, murmura le jeune homme. Je vais goûter avec plaisir, mais je ne crois pas que…

— Concours ! hurla le frère aux épaules carrées, le regard vide, en tapant des deux poings sur la table.

Romain en lâcha sa fourchette, qui tomba sur la table. Le père prit cinq saucisses, puis servit son frère ainsi que leur invité.

— On y va, dit-il.

Et les jumeaux, en moins d'une minute, engloutirent leurs cinq *mici*. Romain avait hélas pris un goûter assez tard, pour fêter l'anniversaire d'une élève ; la faim ne lui était pas encore revenue. Lentement, il finit par venir à bout de ses propres saucisses. Le maître de maison le resservit aussitôt. Romain, de nouveau, s'exécuta, et mangea les saucisses ; puis il déclara forfait.

— Je n'en peux plus, articula-t-il en détachant bien les syllabes vers le plus grand des frères qui voulait le resservir. Je n'en peux plus !

Et il fit barrage avec ses mains au-dessus de son assiette. Les deux frères se regardèrent, interloqués. Puis ils éclatèrent de rire. De couperosés, ils devinrent carrément écarlates.

— Perdu ! cria le grand. (Il prononçait « pèle doux ».) Toi, perdu !

Et il s'esclaffa une nouvelle fois. Romain essaya de sourire, le visage agité de tics. Les deux frères se resservirent chacun plusieurs fois ; le grand eut un rot sonore. Le jeune invité se retourna discrètement, essayant d'apercevoir la porte d'entrée.

— *Gazdă* ! Apporte repas.

La mère de Jeanne revint du salon et sortit du four un plat en fonte imposant, d'où montait une épaisse fumée. Romain la regarda avec horreur poser l'engin sur la table. Y avait-il un deuxième service ? Pour d'autres invités ? Il mit ostensiblement une main sur son ventre.

— En Roumanie, très impoli pas finir son plat, dit l'artisan.

C'était un plat rectangulaire dont les coins étaient arrondis. À vue de nez, il semblait couvrir une surface d'un mètre carré. Une cuillère de service aux bords dentelés plongée à l'intérieur révéla, sous une épaisse couche de fromage fondu semblable à de la feta grillée, une rangée de mets roulés dans des feuilles de vigne.

— Ça, c'est *sarmale*, dit Bogdan. Porc dans feuille chou. Recouvert fromage, recette maison. Ça plat de fête. Pour remercier vous.

Romain crut percevoir une brèche.

— Mais je vous en prie. Jeanne est couchée, je présume ? Votre fille fait montre d'indéniables qualités humaines...

— *Țuică !* l'interrompit l'oncle en lui versant de nouveau une lampée d'eau-de-vie.

Romain l'avala d'un coup et voulut prendre les gloutons de vitesse. Il attendit qu'ils eussent avalé simultanément une nouvelle gorgée et reprit la parole aussitôt.

— J'en étais à votre fille... Excellente élève, une très belle empathie, pour ne rien dire de son esprit d'initiative, et de... et de...

Il s'interrompit alors qu'il observait le père de Jeanne qui découpait un bon quart du plat avec le bord tranchant de la cuillère de service, pour le faire atterrir dans l'assiette de Romain. L'alcool était monté à la tête du jeune professeur, il ne savait plus bien ce qu'il racontait ; les silhouettes des deux frères flottaient allègrement devant ses yeux... Il se vit alors, cuillère après cuillère, ingurgiter, et métaboliser tant bien que mal la nourriture qu'on lui avait servie ; il semblait envisager d'abandonner à la moitié de l'assiette, mais un regard de l'oncle suffit à lui rappeler sa politesse naturelle.

— À Rome, fais comme les Romains, pas vrai ? parvint à articuler le jeune professeur.

Et il reprit une cuillerée.

On n'entendait guère que le bruit de la mastication ainsi que des chants paysans dans la langue d'Eminescu, en arrière-plan, qui semblaient avoir roulé sur les flancs des Carpates puis résonné dans les boyaux d'une génération entière d'ovins avant de faire vibrer les gramophones. La mère de Jeanne avait disparu.

— Hmmpf, fit son père en se resservant.

Romain paraissait fébrile. Après cinq *shots* d'eau-de-vie, le jeune homme était dans un état d'ivresse qu'il n'avait jamais expérimenté par le passé. Mais était-ce bien l'alcool qui le faisait trembler ?

Pris d'une envie pressante, il croisa les jambes pour se retenir quelques secondes de plus et jeta un œil vers le couloir, cherchant du regard des lieux d'aisance.

Comble de malchance, c'est le moment que choisit l'oncle de Jeanne pour attraper derrière lui, sur le plan de travail, une flûte de Pan moldo-roumaine traditionnelle.

— Mon frère jouer vous morceau avec *naï*, dit le père. Hommage.

— Ah ! Une très belle coutume, repartit Romain, qui gigotait pour trouver une posture qui rendrait plus tolérable son envie pressante.

Alors l'oncle de Jeanne se mit à souffler avec application dans chaque tuyau en roseau de son instrument, comme pour l'accorder ou pour s'échauffer. Il y en avait vingt-deux, collés en une seule rangée sur un support courbe.

— Serait-il simplement possible de, commença le jeune homme.

L'artisan mit un doigt sur la bouche.

— Récital sacré. Pas interrompre.

Et, dans une grande inspiration, son frère se lança.

Après une brève période d'ambiguïté, le son qui s'échappait des pipes en roseau à mesure qu'il soufflait apparut pour ce qu'il était vraiment : une atrocité innommable. Romain découvrait là qu'un instrument de musique pouvait devenir un instrument de torture par destination – c'était comme si on lui avait extrait les tympans des oreilles avant de frapper dessus à coups de tapette à mouches. Le bruit laborieusement gémi par l'objet faisait penser à un massacre de bébés phoques adapté en fugue. Sur le visage de Romain, la douleur montrait qu'il était affecté au-delà de l'esthétique : il était également atteint d'un point de vue moral, comme si une telle musique était contraire aux principes fondateurs de l'humanité. La bouche en cul-de-poule de l'oncle de Jeanne se déplaçait pourtant avec vivacité le long de l'instrument ; mais cette virtuosité était aussitôt convertie en cacophonie, comme par l'opération d'un alchimiste venimeux. La bienveillance initiale de Romain semblait fondre à la même vitesse que son sourire, pendant les vingt minutes que dura la séance. Mais cela n'empêcha pas que, quand l'oncle de Jeanne reposa enfin son *naï*, le jeune homme applaudit à tout rompre avant de se précipiter aux toilettes pour se soulager.

L'ivresse l'avait rendu parfaitement hagard. Il s'appuya contre le mur pour uriner ; il en mit pourtant à côté et dut arracher trois feuilles de papier toilette pour éponger le carrelage. En se baissant, il fut pris d'une envie de vomir. Agenouillé devant le couvercle des toilettes, il saisit sa tête entre ses mains, mais rien ne venait. Après quelques minutes, on frappa à la porte – porte sur laquelle était punaisé un autre portrait, moins imposant celui-ci, des époux Ceaușescu saluant la foule.

— Dessert, grogna la voix rauque de l'oncle musicien.

Dessert ? Était-ce donc possible ? En retournant enfin dans la cuisine un peu plus tard, Romain vit effectivement la mère de Jeanne, revenue d'entre les limbes, sortir du four un nouveau plateau, d'épais sablés au miel cette fois. Ce four avait-il un double fond ? Le jeune professeur au front déjà transpirant devint livide. Qu'attendait-on de lui, au juste ? Ces gens ne voyaient-ils pas qu'il était à bout de forces, à bout de nerfs ? Il se força à sourire, s'assit et croqua dans un sablé avec cérémonie avant de le reposer dans son assiette. Il eut soif, mais l'eau avait disparu de la table ; ne restait que la *țuică* dans sa bouteille en plastique banalisée. Grimaçant, il en avala encore une gorgée pour apaiser sa gorge sèche. Le musicien en profita pour remettre trois sablés dans son assiette.

— Une tisane ? demanda le père d'une voix doucereuse. Ça très bons sablés ma femme. Faits avec miel roumain, mondiale excellence.

— Délicieux, parvint à articuler Romain. Mais il faut que je rentre, je ne me sens…

— Vous pas y penser ! éclata le père de Jeanne, bien qu'il restât souriant. Vous, rester avec nous pour regarder film typiquement roumain, primé à festival Brasov.

— Un film ? mais…

Romain crut trouver une porte de sortie.

— J'imagine que le film n'est pas sous-titré en français ! s'exclama-t-il, triomphal. Quel dommage que je ne puisse rien y comprendre... Ce sera pour la prochaine fois ! Quand je maîtriserai mieux votre langue. Pour l'heure, j'en suis encore aux rudiments...

Et il récita devant un Bogdan imperturbable les quelques mots de la méthode Assimil qu'il avait retenus.

— Pas paroles, l'interrompit Bogdan. Dans film. Pas dialogues.

— Pas de dialogues... ?

— Film expérimental. Pas dialogues. Pas besoin parler roumain.

Romain, décomposé, ouvrit la bouche mais aucun son n'en sortit. Le père de Jeanne l'attrapa par le bras ; ses doigts faisaient aisément le tour du biceps du jeune professeur. Il le mena jusqu'à un fauteuil confortable dans le salon et l'y fit asseoir fermement. Romain avait mis toutes ses forces dans ce dernier échange ; il n'avait désormais plus aucune initiative, aucune volonté, il se laissait balader comme un sac en plastique dans une bourrasque.

Sur un petit téléviseur d'un modèle que Romain n'avait plus vu depuis le début des années 1990, le maître de maison lança alors le film ; son frère s'était endormi sur le canapé d'à côté, et ronflait légèrement.

— Film après repas, tradition grande roumaine, assura l'artisan.

Le générique était succinct ; le film semblait ne l'être pas.

— C'est, euh... commença Romain, c'est long ?

— Deux, trois heures, répondit le père de Jeanne en faisant osciller sa main.

Le jeune invité passa une main dans ses cheveux et se renfonça au fond de son siège, essayant de réprimer un tremblement.

Le film s'appelait *Grădină*, soit « jardin » en roumain. Était crédité au générique d'ouverture un réalisateur : « Sidneu Glumeţ ». L'œuvre démarrait par un plan fixe sur le fond d'un jardin. C'est aussi de cette manière qu'il continuait. Pendant de longues minutes. Romain voulut poser des questions à son hôte, pour passer le temps.

— Dites-moi, ce film, ne serait-ce...

— Chhht.

La bande originale était répétitive. Par un drôle de hasard, cette musique ressemblait à s'y méprendre à l'art de la flûte de Pan que pratiquait l'oncle de Jeanne : une mélodie à la fois désordonnée et sans aucun attrait apparent. Romain, qui crut découvrir là un caractère de la musique roumaine, en fit la remarque à voix haute, sans obtenir de réponse. Au bout de vingt minutes de plan fixe, il lui sembla qu'elle recommençait à zéro, comme si le même segment enregistré avait été abouché au précédent ; sa remarque tomba également dans le silence.

Le film continuait son cours sur un plan incontestablement fixe. On vit à un moment un chien traverser le champ de vision ; Romain tressaillit. Le père de Jeanne restait de marbre – seule une toux discrète témoignait de son attention. Le jeune homme sombrait peu à peu dans le sommeil... Mais le son de la télévision, augmenté d'un seul coup au maximum, le fit sursauter et mit tous ses sens en alerte ; le cœur battant à tout rompre, il s'accrocha aux accoudoirs de son fauteuil – il avait un peu bavé sur le revers de sa veste pendant sa somnolence.

— Film fini bientôt, maugréa Bogdan.

Romain transpirait ; il brûlait visiblement d'aller aux toilettes, mais la simple idée de se lever sans en avoir reçu la permission le terrorisait. Il retenait tant bien que mal des relents gazeux. Une bonne heure après les derniers mots du père de Jeanne, le film se termina effectivement ; la nuit s'était couchée sur le jardin du film. À peine la télévision éteinte, Romain courut jusqu'aux toilettes. Assis sur le trône, il regarda sa montre, qui valsait sous ses yeux. Il était deux heures du matin.

Une fois la chasse tirée, Romain traversa sans faire de bruit l'appartement éteint. Il retrouva à tâtons, en s'aidant de la lumière de la lune, le couloir de l'entrée ; les ronflements du salon avaient cessé. À petits pas, il approcha de la porte et tira le loquet pour sortir.

— Pressé de quitter nous, monsieur d'Astéries ?

Romain flancha et se retint au radiateur. Le maître de maison occupait un large fauteuil, dans un coin sombre de l'entrée.

— Non… Non, pas du tout…

— Vous pas parler de ma fille, finalement.

— Votre fille… Mais, j'ai essayé, pourtant, et…

— Vous diriez fille Popescu gauloise, monsieur d'Astéries ? Fille de Bogdan. Gauloise ?

Romain chancelait. De quoi parlait ce type ? En même temps qu'ils devisaient, le placard sous l'escalier émettait un drôle de bruit, comme un lointain aboiement, ou grognement. Une faible lumière rouge se dégageait des interstices dans le bois.

— Non, absolument p… absolument pas, bégaya Romain.

— Ah bon ? Pas gauloise, ma fille Jeanne ? gronda le père en haussant la voix.

Son énorme moustache gigotait au-dessus de sa bouche, au point qu'elle semblait menacer de se détacher, alors qu'un rayon de lune le frappait directement. Le grognement sous l'escalier s'accrut, semblable à celui d'un énorme mammifère.

Romain, lui, le regardait sans comprendre, le visage moite.

— Non… Si, bien sûr… ! Gauloise… Tout ce que vous voulez, bredouilla Romain en tremblant. Plus gauloise que n'importe qui… Mais qu'est-ce que c'est que ce truc sous votre escalier ?

Il avait terminé sa phrase en criant presque. Ivre, tremblant de tous ses membres, livide, Romain ressemblait à une bête aux abois.

— Ça ? demanda le père de Jeanne en montrant la porte sous l'escalier. Ça notre animal domestique, *Decebal* !

Et il ouvrit soudain la porte, inondant la pièce d'une lumière rouge aveuglante, au milieu de laquelle trônait, tenu en laisse, un ours des Carpates aux yeux froncés menaçants, aux dents acérées ; un nouveau rugissement se fit entendre, qui semblait provenir des entrailles mêmes du plantigrade.

Ne pouvant retenir un cri d'effroi, Romain tomba à moitié contre le radiateur avant de s'enfuir à toutes jambes par la porte grande ouverte, sans se retourner, glissant sur la neige en voulant mettre le plus de distance possible entre le passage Cervantès et lui-même.

Le lendemain, ne l'ayant pas vu descendre de la journée, Grange alla frapper à la porte de Romain, sans obtenir de réponse. Haussant les épaules, il passa son chemin.

Encalminé au fond de son lit, Romain était sujet à une fièvre violente, raskolnikovienne. La nuit précédente, dans le village aux lampadaires éteints par souci d'économie, il avait tâtonné, en état d'ébriété avancée, le long des murs, dans les ruelles, se fiant à la lumière de la lune. La neige, qui l'avait fait glisser plus d'une fois, entrait par paquets dans ses chaussures.

Courbaturé, nauséeux, il avait fini par pousser la porte de l'ancien couvent, dont la lanterne qui surplombait la porte d'entrée s'alluma automatiquement, projetant son ombre au sol comme celle d'un obscur devin venu troubler les âmes pures. Les dernières marches avaient paru interminables à Romain ; et, après avoir fermé la porte de sa chambre à clé – ce qu'il faisait pour la première fois –, il s'était déshabillé et s'était glissé sous sa couette, le cœur battant à tout rompre, avant de s'endormir enfin au petit matin.

De : Romain d'Astéries <botchan@gmail.com>
À : Henri Regamey <henri.regamey@u-bordeaux-montaigne.fr>
Objet : Honte incongrue
Le : 21 décembre 2013, 22:02

Mon cher Henri,

Est-il possible que le corps se trompe ?

Je pense souvent (avec cette sorte d'effroi que provoquent les aléas du monde vivant) aux kystes ovariens, et plus précisément à ceux qui proviennent des ovocytes et sont donc programmés pour *fabriquer de l'humain*. Prérogative qui fait que l'on retrouve à l'occasion, dans ces excroissances pouvant atteindre cinq ou dix centimètres de diamètre, des tissus ou des éléments organiques comme des os minuscules, de la peau, des cheveux ou… des dents.

Penses-tu que, si le corps peut se tromper en fabriquant des cellules, il puisse aussi se tromper en fabriquant des sentiments ? Cela aussi peut-il dysfonctionner, faire sortir la mauvaise carte ? Je veux dire, dans une situation où par exemple la jalousie serait de mise (apercevoir la femme que tu aimes à la terrasse d'un café, qui en embrasse un autre, disons), pourrait-on éprouver de la fierté ? De la béatitude ? Et dans une situation où la peur serait de mise (poursuivi par une bête sauvage, par exemple), pourrait-on éprouver de la joie ? Ou, plus absurde encore, un sentiment de loyauté ? De satiété, que sais-je encore ? De tels bugs sont-ils possibles ?

Que dirais-tu d'une situation où j'aurais subi un dîner un peu éprouvant, et où, plutôt que de ressentir fatigue et nausée, j'éprouverais de la honte – une honte tenace, qui tiendrait au ventre aussi fort qu'une gastro ? Cela voudrait-il dire que le corps se plante complètement, ou bien qu'il comprend des choses qui échappent à l'esprit ? Ou le devancent ?

J'ai l'impression que le siècle qui s'annonce nous réserve bien des surprises en la matière. Combien sommes-nous sous une seule peau ?

Amitiés de ton complice, et pardon pour ce canal solennel – j'ai la voix légèrement cassée aujourd'hui.

Romain

Romain passa encore deux jours confiné dans sa chambre ; il n'en sortait que ponctuellement, pour grignoter quelque chose en douce dans la cuisine, mais remontait aussitôt se réfugier sous sa couette avec ses guides de la Guyane et une série télévisée. Il ne voulait rien savoir du monde extérieur, et celui-ci, recouvert de cinquante centimètres de neige, semblait encourager son désir.

Au matin du 23 décembre, le jeune homme se décida à prendre une douche. Passant une tête hors de sa chambre, il regarda à droite, à gauche, et, sa serviette sur les épaules, trottina sur le jonc de mer jusqu'à la salle de bain. Là, il brancha le petit radiateur d'appoint qui se mit à tourner avec un bruit de réacteur nucléaire, et enleva son pyjama.

Comme à son habitude, Romain plaça directement la tête sous le jet alors qu'il actionnait le mitigeur de la douche. L'eau, plus glacée que froide, déferla sur sa tignasse blonde avant de ruisseler, par cascadelles successives, sur sa peau blanche, qu'elle anesthésia lentement. Au bout d'une minute, ne sentant pas venir l'eau chaude, Romain éteignit le jet, et s'adossa à la paroi, immobile.

Serviette autour des hanches, il finit par aller frapper à la porte de l'atelier du père Grange, sur laquelle était clouée l'effigie de saint Éloi et au-delà de laquelle résonnait du grabuge.

— Entrez ?

Le logeur avait le visage penché sur une théière dont il recollait patiemment l'anse cassée ; ses pieds nus et poilus, révélés par d'antiques sandales, se détachaient sur le rouge des tomettes hexagonales. Romain, sous cette lumière neuve venue d'un plafonnier, le regarda comme pour la première fois : avec ses yeux bleus profonds et rieurs derrière des lunettes aux verres rectangulaires, ses traits fins et ses cheveux mi-longs, ondulés qui lui tombaient sur le visage, le vieux père Grange était presque aussi beau qu'une femme.

— Un problème d'eau chaude, vous me dites ? On va aller voir ça, glissa-t-il à Romain d'un air flegmatique, comme s'il lui avait échappé que Romain l'évitait depuis quarante-huit heures.

Le jeune homme suivit son logeur jusqu'au cagibi qui jouxtait la salle de bain. Grange débrancha le chauffe-eau qui, d'un blanc laiteux et écaillé, ressemblait à l'organe d'un mammifère énorme. Puis, silencieusement, il commença à dévisser un coffrage en plastique qui se situait sous l'engin.

— Alors, on nous fait un peu de boudin, ces jours-ci ? demanda Grange, allongé sur le dos, les yeux rivés sur son ouvrage.

— Euh… oui, en effet, répondit Romain au bout de quelques secondes.

Rien ne permettait de conclure que Grange s'était adressé à lui plutôt qu'au cumulus. Mais Romain profita de la brèche pour tout lui raconter : l'invitation à dîner, les deux frères, le concours de saucisses, le récital à la flûte de Pan, la femme dans le salon, le film roumain, l'ours sous l'escalier.

Grange, qui avait écouté patiemment sans réagir, ne put retenir un fou rire soudain. Allongé sur le dos, il tenait le tournevis serré contre son ventre volumineux, agité par des spasmes d'hilarité.

— Mon pauvre ! finit-il par dire. Ils se sont bien fichus de vous !

— Pardon ? Mais… qu'en savez-vous ? répondit Romain, offensé.

— Oh, mais je connais les frères Popescu depuis quarante ans. C'est d'ailleurs ce que j'ai essayé de vous dire quand j'ai su que vous alliez dîner chez Bogdan et Inès, mais vous étiez bien pressé.

— Vous… Vous connaissez ce… Bogdan, donc ? Et son frère ?

— Si je les connais… ! Je faisais danser leur mère à la guinguette !

Romain, la serviette toujours accrochée autour des hanches, regardait un point fixe sur le mur.

— Les fameux Roumains, quelle bonne blague ! continua le logeur. Bogdan a toujours été celui qui parlait le mieux à l'atelier, il écrivait même les communiqués de son syndicat.

— … Vous avez travaillé avec lui ?

— Non, mais le fait est connu.

Romain, les yeux écarquillés, se tut aussi bien que s'il eût été seul. Le visage décomposé, il finit par bredouiller :

— Mais… et cet accent ?

— Maquillé !

— Et… et le film roumain ?

— Tourné dans son jardin ! C'est un crack de l'audiovisuel.

— Et… et l'ours, enfin ? On ne peut quand même pas…

— Acheté en brocante, sans doute ! Il y a un taxidermiste amateur du côté de Treilhat, qui est de tous les vide-greniers.

— Mais… Mais… Il rugissait ! Et bougeait !

— Un bon ampli ! Votre fatigue ! Votre ivresse ! Ne m'avez-vous pas dit qu'ils vous avaient fait boire de cette eau-de-vie de prune ?

— Oui, mais… Enfin, à bien y repenser…

— Non, non, monsieur Romain, il n'y a pas à barguigner, ils ont voulu vous attraper, je vous le dis. Ce que je ne comprends pas, c'est ce que vous avez bien pu faire à cette crème d'homme pour qu'il vous joue un tour pareil. Vous qui êtes si gentil !

Romain était si abasourdi qu'il dut s'asseoir, sans que le père Grange, qui avait repris son labeur, parût y prêter attention. Ayant dévissé sans interruption, il finit par extraire du chauffe-eau le thermostat long qui y était planté comme une dague.

— Possible que ce thermostat ait créé le court-circuit, j'avais dû le changer déjà il y a quelques années.

— Et du coup, mon eau chaude ? demanda Romain, qu'un frisson avait sorti de sa torpeur. Il faut aller racheter la pièce, non ?

— Aujourd'hui ? Vous n'y pensez pas ! répliqua Grange en riant. Voilà bien une idée de citadin ! Un dimanche, sous cinquante centimètres de neige, aller trouver un magasin de bricolage ? Nous sommes aussi seuls que sur le radeau de la Méduse, mon pauvre ami.

— Mais alors... ?

— Alors, alors... On s'adapte ! On se modernise !

Romain n'eut que le temps de passer un T-shirt et un pantalon avant de rejoindre l'atelier de Grange. Celui-ci avait retourné sur son établi un seau en plastique, qui se trouvait le cul en l'air. Avec un clou épais, le vieux logeur fit un trou au milieu. Puis deux, puis trois, et en cinq minutes, il eut constellé le cul du seau.

— Et voilà, s'exclama-t-il, triomphal, en brandissant son œuvre. Si j'étais un artiste américain, on vendrait ça des millions. *Floush, floush !*

Et il fit mine, en saisissant fermement le seau, de répandre de la peinture partout sur le sol. Romain se tenait les bras croisés.

— Dans cinq minutes, je vous monte une bassine d'eau, monsieur Romain. Vous n'aurez qu'à la verser dans le seau, la gravité fera office de pression, et vous aurez votre douche.

— Eh bien, merci...

— Après, j'accrocherai les décorations pour la soirée de Noël. Ma fille et mes petits-fils viendront de Saint-Étienne.

— Au fait, Bernard, vous êtes toujours d'accord pour me déposer demain matin à l'arrêt du car ?

— Oh, vous faites bien de me le rappeler. Avec cette neige, on partira quand même une heure avant, pour être sûrs.

Romain attendit la bassine d'eau chaude en regardant par la fenêtre : une merlette sautillait dans la neige, la queue tendue vers le ciel.

— Prêt ?

Le père Grange venait de frapper à la porte de Romain. Il était huit heures et quart, et c'était le moment de partir pour être sûr d'attraper le car de neuf heures sept qui se rendait à Vichy, pour ensuite passer par Paris, changer de gare et reprendre le train pour Bordeaux. Une vraie journée de voyage.

— Je me brosse les dents et on y va, dit Romain.

Dans le coffre de la Suzuki du père Grange, la valise de Romain se promenait de droite et de gauche, au gré des virages. Le vieux logeur pourtant avait adapté sa vitesse ; mais quand la Suzuki surfait sur la neige, le silence du véhicule venait s'additionner au silence de la campagne matinale, et il semblait alors qu'on pouvait faire encore moins bruyant que le silence.

— Vous avez vérifié que le car passait bien à Rigoux ? fit Grange.

— J'ose espérer, parce que j'ai payé mon billet. Via le site de la SNCF. Il n'apparaissait d'abord pas, puis j'ai actualisé la page cinq ou six fois, et d'un seul coup, on me le proposait.

— Ce car Ambert-Vichy vient remplacer une petite ligne de train régional, qui s'arrêtait en gare de Rigoux il y a des années. Je l'ai connu, ce train ! On allait y chercher les cousins quand ils venaient de Marseille. Gachon aussi venait y chercher Vialatte. Ou bien était-ce Anglade ?

La route serpentait jusqu'au village de Rigoux, déposé au creux de la vallée, et toujours traversé par l'ancienne voie ferrée. La Suzuki s'y gara, à neuf heures moins dix. Romain et son logeur restèrent au chaud dans la voiture.

À neuf heures, ils se rendirent sous l'abribus. Romain déposa sa valise sur le banc métallique. Un ruisseau chuintait en contrebas, derrière une butte.

À neuf heures sept, ils scrutaient tous les deux le virage où devait apparaître le car.

— Content de revoir la famille, monsieur Romain ?

— Mmm. *Je passe la question.*

À neuf heures dix, Grange dit :

— Il lui arrive d'être un peu en retard.

À neuf heures et quart, Romain approcha ses yeux du panneau avec les horaires affichés sous l'abribus.

— « Les Cars d'Auvergne »... Mais je ne vois marqué « SNCF » nulle part. Je ne comprends rien, c'est une compagnie privée ?

Grange haussa les épaules et les sourcils à la fois.

Un numéro de téléphone figurait en bas à droite.

— Ça sonne dans le vide, dit Romain.

— Effet 24 décembre ? suggéra Grange.

— C'est le 25 qui est férié, répliqua Romain.

— Réessayez.

Cela sonnait encore dans le vide. Il était neuf heures vingt.

— Ils pourraient mettre un répondeur, grommela Grange.

— La compagnie a une page Facebook, visiblement, dit Romain. Je vais essayer de les contacter.

« Les Cars d'Auvergne » étaient en ligne, comme l'indiquait la présence du point vert à côté de leur nom. Par chance, Romain avait du réseau.

— Ils me disent…

Romain voyait que son interlocuteur était en train d'écrire.

— Oh, purée…

— Quoi ? maugréa Grange.

— Aucun car ne roule aujourd'hui. Conditions météo.

— Ah les…

Le dernier mot du père Grange se perdit dans l'air gelé. Tremblant de froid et d'agacement, Romain et lui retournèrent à la Suzuki, garée un peu plus loin sur le terre-plein, et comme camouflée par sa carrosserie blanche sur la neige.

Ils s'étaient à peine installés à l'avant, remuant sur leur siège pour se réchauffer, que traversait derrière eux à toute allure, dans le fracas délicat de son moteur hybride, le car bleu ciel de la ligne Ambert-Vichy, sans marquer l'arrêt devant l'abribus désert.

— Mais puisque je te dis que nous y sommes allés, à cet abribus !

— Tu me fais encore marcher, Romain. Si tu ne voulais pas venir, tu n'avais qu'à nous le dire…

Romain, raccompagné à Chaudezat par Grange, avait appelé sa mère dès que possible pour lui annoncer la nouvelle. La voix de Constance d'Astéries grésillait dans le téléphone de Romain alors que la Suzuki enfilait les virages successifs sur le trajet retour.

— Je te dis que nous avons attendu presque une demi-heure. Et un type de la compagnie m'a assuré que les cars ne circulaient pas aujourd'hui. Je te jure, maman !

— C'est à cause de cette histoire idiote de portrait dans *France-Guyane* ? Parce que ce n'est pas en Auvergne que tu vas…

— Je t'ai dit de ne plus me parler de ça… Ça n'a rien à voir.

— Tu nous déçois beaucoup, Romain. Beaucoup, beaucoup.

Romain se tourna vers Grange en levant les yeux au ciel.

— Je ne sais pas quoi ajouter, maman. Puisque visiblement tu ne veux pas me croire… Ici, quand on rate le car, il n'y a pas de deuxième chance.

Sa mère lâcha une longue expiration irritée à l'autre bout du fil. Romain éloigna le téléphone de son oreille.

— Écoute, il n'y a pas mille solutions pour faire Chaudezat-Bordeaux. Pourtant, j'avais très envie de venir, promis…

Elle se radoucit.

— Bon, allez, ce sera pour l'an prochain, alors… Je vais quand même t'envoyer un colis, mon chéri.

Romain baissa à toute vitesse le volume de son téléphone en appuyant sur le bouton latéral. Grange était concentré sur la route verglacée.

— Hum… Non, maman, pas besoin, je t'assure… fit-il en baissant d'un ton.

— *Tut, tut, tut !* rouspéta madame d'Astéries. Envoie-moi une liste de toutes les friandises dont tu as envie. Et puis peut-être un saucisson, une bouteille de jus de goyave ? Des canelés ?

— Arrête, je ne veux pas de colis ! chuchota Romain en dissimulant sa bouche avec la main. Simplement, si tu en fais un quand même, je te rappelle que je n'aime pas les Kinder Bueno au chocolat blanc, tu t'étais trompée la dernière fois… Et s'il y a des canelés, tu peux les prendre chez La Toque cuivrée ?

La Suzuki passa dans un hameau abandonné.

— Oui, chéri… Attention… De te voir…

— Je ne te capte plus du tout, maman, tu es coupée. Bisous.

Le soir de Noël, la nuit tomba très tôt, peut-être plus précocement encore que les nuits précédentes, à cause d'un ciel couvert de nuages pendant toute la journée. Romain l'avait passée, cette journée, à prêter main-forte au père Grange pour décorer le sapin, installer la crèche, et mettre un beau couvert sur la table de la salle à la manger ; la fille de Grange était arrivée avec ses deux fils pour l'heure du déjeuner, dans un beau monospace moderne équipé de pneus neige, et Romain avait un peu joué avec les deux garçons. Vers dix-huit heures trente, les trois générations de la famille Grange s'étaient rendues à la messe de Noël ; Romain avait saisi le prétexte de la préparation de la côte de bœuf – qu'il avait proposé d'offrir, et d'aller chercher à la boucherie de Chaudezat – pour ne pas les accompagner. Quand ils furent revenus, rouges au bout du nez et aux pommettes, tout sourire, Romain sortit du congélateur une bouteille et un seau à champagne, ainsi que, du four, des canapés chauds, des feuilletés au fromage et des petites saucisses cocktail.

Le dîner fut grandiose et amusant. La côte de bœuf avait cuit sur la tranche pour ne privilégier aucune de ses faces, et le tarama était délicieux sur les vastes blinis. Les deux garçonnets voulurent chanter en canon « Les Anges dans nos campagnes » : ce fut une cacophonie hilarante. Vint le moment des cadeaux.

— Ah, chez vous, c'est le 24 ? s'exclama Romain.

Il remonta à toute vitesse dans sa chambre et redescendit avec ses cadeaux : il avait trouvé, dans l'unique boutique de Chaudezat, une cravate pour son logeur et une bougie pour sa fille. Pour les deux garçons, il avait acheté à la maison de la presse des bandes dessinées qui faisaient plus de deux cents pages et tenaient bien au ventre.

Grange lui tendit un petit paquet mou ; Romain déballa une paire de chaussettes en laine, couleur jaune moutarde.

— Je vous ai trouvé ça au marché, dit le vieil homme. La couleur ne va avec rien, mais en dessous d'un pantalon, on ne les voit pas. Et puis, vous recevez tout le temps des livres, je me trompe ? Alors qu'on manque toujours de bonnes chaussettes bien chaudes.

— Mais oui, mais oui, vous avez raison, répondit Romain en détournant le regard. Merci, Bernard.

Il leva les chaussettes sous la lumière pour en examiner la texture comme on le ferait d'un échantillon de papier peint.

Le dîner se terminait dans les restes de bûche ; les garçons lisaient leurs bandes dessinées, affalés sur un canapé, la tête en bas, dans la posture la plus inconfortable possible. Dans l'âtre, un vieux bureau cassé finissait de brûler. La fille de Grange rapprocha sa chaise de son père et posa sa main sur son avant-bras avant de lui murmurer quelque chose. Romain regarda un instant par la fenêtre, puis s'éclipsa. Il commença à monter l'escalier pour regagner sa chambre, mais se ravisa : il ferait un tour dehors.

Patiemment, il retira ses Wallabees en daim et ses chaussettes dépareillées, enfila voluptueusement ses nouvelles chaussettes en laine et des chaussures montantes en cuir dont les lacets passaient dans de nombreux œilletons. Ces chaussures étaient là depuis longtemps, elles étaient à sa taille, et Grange lui avait proposé plus d'une fois de les emprunter.

Il claqua derrière lui la porte de la grande bâtisse. Rayonnant autant qu'une planète récemment découverte, il marchait en flottant presque dans ces ruelles qui l'avaient vu tâtonner, glisser et tomber. Il s'enfonçait dans la neige parfois jusqu'au mollet. Son chemin était éclairé par la lumière jaune qui se faufilait au travers des dentelles ajourées, et Romain ne passait pas le long d'une maison qu'il n'y entendît encore à plus de minuit des éclats de voix, des rires, un accord de musique populaire. Rendu légèrement ivre par les deux coupes de champagne qu'il avait bues, il souriait à tout ce qu'il croisait, chartreux, rouge-queue noir et fuligineux, arbre bruissant. Dans l'air flottait une odeur de cannelle.

Ses pas le menèrent jusqu'à l'église de Chaudezat. Il se planta devant elle, les mains dans les poches.

Contrairement aux autres églises de la région, Saint-Amable n'était pas en pierre de lave, noire comme du chocolat sans lait, mais d'un blanc ivoiré, celui d'un beau papier, construite dans une roche qu'on appelait l'arkose. L'encensoir, la croix d'autel et l'une des cloches étaient notables, indiquait un panonceau ; une affichette datant du mois de septembre et qui proposait une bénédiction des cartables ne tenait plus qu'à un bout de scotch.

Romain poussa la lourde porte en bois et pénétra par l'allée centrale. Si c'était possible, et par une étrange synesthésie, le silence sépulcral ajoutait encore à l'impression de froid. En se frictionnant les côtes, le jeune homme fit le tour de la nef en s'arrêtant longuement devant l'autel où, quelques heures auparavant, la messe avait été célébrée. Avançant jusqu'au confessionnal dont une des portes était ouverte, il se laissa tomber sur le siège inconfortable qui se trouvait à l'intérieur, donnant libre cours à son ivresse légère. La tête de Romain dodelinait ainsi que celle d'un pantin désarticulé, et il se mit à somnoler.

Son roupillon ne dura pas : les cloches de Saint-Amable sonnèrent à minuit, à la volée – il se réveilla en sursaut, manquant de tomber.

— Hum, hum.

Était-il encore dans son rêve ? Une toux avait retenti dans l'église, et ce n'était pas la sienne. Précautionneusement, Romain se pencha en avant et aperçut, qui sortaient du côté opposé du confessionnal, une paire de jambes terminées par des souliers en cuir noir.

Romain recula aussitôt sur son siège, comme pris en faute.

— Ne vous cachez pas, mon fils, je sais bien que vous êtes là, dit une voix lente et grave derrière l'écran grillagé. Je vous ai entendu entrer tout à l'heure.

— Eh bien… Je suis désolé, mon père, je ne voulais pas…

— Vous êtes là où vous devez être, mon fils.

— Ah ! Non, écoutez, c'est un malentendu, je suis juste…

— Depuis combien de temps ne vous êtes-vous pas confessé ?

— Depuis… Ma foi…

— Dites-moi ce qui vous amène.

Romain garda longtemps son regard fixé sur la grille qui le séparait du prêtre avant de répondre.

Plutôt qu'une liste exhaustive de ses péchés – qu'il n'aurait pas su identifier, comme il l'expliqua –, il proposa une sorte de récit de soi, depuis son arrivée à Chaudezat jusqu'à son entrée dans l'enceinte de Saint-Amable, en passant par ses ambitions déçues, ses projets frustrés, ses déboires professionnels, sans oublier le dîner de la semaine précédente et l'étrange honte qui, depuis lors, lui collait à la peau. Il parla d'une voix claire, le cœur aussi ouvert, aussi candide que s'il récitait une comptine au milieu d'un grand cimetière sous la lune.

Son récit fut suivi par un long silence.

— Vous… Vous êtes-vous endormi, mon père ?

— Aucunement, mon fils. Je réfléchis. Connaissez-vous la parabole de l'inondation ?

— Que je me souvienne, attendez…

— Un village subit une pluie torrentielle. Les habitants ont de l'eau jusqu'aux genoux. Mobilisés, les pompiers accourent pour les mettre à l'abri. L'église n'est pas en reste, mais le curé refuse de la quitter. Quand les pompiers veulent l'évacuer, il leur répond avec confiance : « Dieu me sauvera. » Les pompiers passent leur chemin. Or, la pluie ne cesse pas. Plus tard, l'eau a monté de façon inquiétante. Les pompiers reviennent, en zodiac cette fois-ci…

— Oh, c'est une parabole moderne.

— Disons modernisée. Les pompiers reviennent donc en zodiac. Le vieux curé a escaladé son autel pour échapper à l'eau qui monte. Mais il refuse une nouvelle fois de suivre les pompiers. Que leur dit-il à la place ? « Dieu me sauvera. » Et les pompiers repartent. Passe une nuit terrible, où la tempête redouble. L'église est presque engloutie sous les eaux. Les pompiers, dans un dernier espoir, repassent en hélicoptère au-dessus de l'église. Le vieux curé est monté tout en haut du clocher, encore émergé. Mais, malgré l'insistance des pompiers et leurs sommations, il refuse une nouvelle fois de les suivre. Il préfère leur crier à travers la pluie torrentielle…

— « Dieu me sauvera ! »

— Exactement, mon fils.

— Et alors ? Qu'arrive-t-il au vieux curé ?

— Il meurt noyé, évidemment. Et alors qu'il monte au ciel, il se retrouve devant saint Pierre, rouge de colère, et il récrimine. « Pourquoi Dieu ne m'a-t-il pas sauvé, moi qui l'ai servi toute ma vie ? » Saint Pierre le quitte alors, le temps d'obtenir une réponse auprès de Dieu. De retour devant le vieux curé, le gardien du Ciel lui déclare : « Il ne vous a pas abandonné, comme vous le prétendez. Il vous a envoyé les pompiers par trois fois, et vous avez refusé de les suivre. »

Il y eut un silence.

— C'est… C'est tout ? demanda Romain.

Le prêtre eut une quinte de toux.

Un courant d'air passa dans l'église, qui fit frissonner Romain.

— Pardonnez-moi de demander, continua celui-ci, mais… Je crois entendre dans votre bouche un accent lointain ?…

Le prêtre sortit du confessionnal et vint ouvrir la porte à Romain de l'autre côté ; les deux hommes se retrouvèrent face à face. Dans la pénombre de l'église, le blanc dans les yeux du prêtre ressortait avec une intensité déconcertante sur sa peau noire. Il tendit la main au jeune professeur pour lui faire descendre la marche.

— Je viens de Soubaganyedougou, près de Ouagadougou, en effet. L'ancien prêtre de Chaudezat, le père Boucaud, a pris sa retraite il y a deux ans, et on est venu me chercher pour le remplacer. C'est devenu très courant, vous savez.

— Ça alors !

— Eh oui. Je vous raccompagne, mon fils. Il est tard.

Ils cheminèrent ensemble quelques mètres. Romain pointa du doigt le saint patron de l'église, dont une statue en ronde-bosse figurait près de l'entrée. Il dut mettre dans son geste toute l'interrogation nécessaire, puisque le prêtre reprit la parole.

— Amable de Riom ! Vous vous demandez pourquoi, sans doute, il tient une église miniature dans la main, comme d'autres saints portent une mappemonde ou sont accompagnés d'un chien. Eh bien, ce n'est pas exactement une église – c'est une châsse, c'est-à-dire un reliquaire. Certains de ces reliquaires adoptaient jadis la forme d'un bâtiment. Eh oui, au prix d'un léger anachronisme, saint Amable porte là ses propres restes… Mais on dirait qu'il se promène avec une maison de poupée ! Voyez-vous, j'aime l'idée que l'immense se donne à connaître, en plus petit.

Romain, sur les marches de l'église, se retourna une dernière fois vers le prêtre, qui fermait la porte pour la nuit, son étole vert pomme enroulée autour du cou pour se protéger du froid.

L'hiver à Chaudezat ressemble à une pente que l'on gravit, vers de hauts plateaux où se trouvent des jours meilleurs.

Pour la première fois, au début du mois de janvier, Romain proposa son aide au père Grange pour ranger dans son appentis le stère de bois qu'on venait de lui livrer, et acheminer dans la maison une brouette remplie de bûches afin de les ranger sous l'escalier.

— Quand visage pâle couper du bois, hiver très rude !

Grange répétait sa blague éculée d'almanach, tout en donnant des bourrades à son locataire, pour le réchauffer.

Romain connut une rentrée douce, à voix basse. Le matin, quand commençaient les cours, les visages encore somnolents étaient rougis par le froid, et la nuit dehors était encore à son zénith. Sous les néons qui aveuglaient des yeux encore brouillés et dans la chaleur émolliente des radiateurs d'appoint, il semblait qu'on pouvait formuler toutes les vérités, enseigner toutes les subtilités les plus complexes. Il y avait là quelque chose qui vibrionnait dans la poitrine, que connaissent bien les lève-tôt. Et l'âpreté des conditions, qui forçait les uns et les autres à se serrer les coudes, créait sur cette colline une entraide naturelle, comme une résurgence du temps des cavernes où la promiscuité n'était pas imposée, mais vitale. La classe, dans ces matins-là, avait l'énergie de ces boîtes à sons modernes qui produisent des vibrations plus basses que n'importe quelle voix humaine, que n'importe quel instrument.

On aurait dit que toutes les cartes étaient redistribuées. Le jeune professeur évitait le regard de Jeanne Popescu. Mademoiselle Combes, que ce climat semblait fortifier, de même que certaines maladies prospèrent grâce à l'immunodépression, gratifiait chacun de son sourire carnassier quand elle passait dans les couloirs. Fabien même, peut-être touché par la grâce de Noël, saluait à nouveau son collègue. Tout sonnait si simple : l'année continuerait par la seule force cinétique enclose dans ce début d'hiver, et glisserait lascivement jusqu'au mois de juin comme un étudiant en médecine lancé sur une toile cirée savonneuse. Il n'y aurait pas d'anicroche.

Mais, puisque l'ordre des choses n'aime rien tant qu'être dérangé, une lettre arriva.

C'était un matin de février, un de ces matins gelés où le sol verglacé crissait sous les moon boots et où les élèves, en rang par deux dans la cour à la sonnerie de huit heures, étaient méconnaissables sous leur cagoule.

— Allez, on y va, dit Romain une fois que sa classe de cinquième fut au complet, en soufflant un nuage de vapeur.

Ils montèrent ensemble l'escalier puis longèrent le couloir du premier étage, quand le jeune professeur fut interpellé depuis la salle des profs.

— Romain ? Tu as une seconde ?

C'était Séverine, la professeure de physique-chimie. Elle s'appelait Séverine Giné, mais tout le monde au collège Blaise-Pascal l'appelait « Séverine Génie », car elle avait dirigé un grand laboratoire de recherche avant de revenir, par passion, à l'enseignement. Toujours coiffée d'un serre-tête, elle avait des joues roses et une voix de grelot.

— Tiens, il y a du courrier pour toi. Ça vient de loin, on dirait.

— Merci, Séverine. Les enfants, allez vous asseoir, je vous rattrape.

La lettre, qui avait dû tomber du caddie du facteur à un moment donné, était maculée de traces de semelles ; un peu de neige fondue en avait fait couler l'encre. Mais on parvenait à lire sans difficulté :

M. ROMAIN D'ASTÉRIES
COLLÈGE BLAISE-PASCAL
63350 CHAUDEZAT
FRANȚA

La dernière ligne de l'adresse laissait deviner ce que le timbre confirma : la lettre provenait de Roumanie.

Cette simple origine provoqua chez Romain un mouvement de recul.

Mais ses élèves l'attendaient, il fallait faire face. Il rangea l'enveloppe dans sa sacoche, et s'en alla donner cours ; cette matinée était consacrée à *Cyrano de Bergerac.*

Quand retentit la sonnerie de la récréation du matin, Romain attendit que le dernier élève eût quitté la classe pour sortir de sa sacoche la lettre venue de loin. Il la décacheta fébrilement.

Dactylographiée dans un français exemplaire – presque trop académique pour être naturel –, elle provenait d'un directeur d'établissement dans le nord de la Roumanie, le collège Ion-Mihalache de Budeşti, dans le Maramureş. Le directeur, monsieur Grigorescu, après une courte présentation, se montrait très enthousiaste à l'égard du projet d'échange que leur avait soumis monsieur d'Astéries des mois auparavant, et à l'égard d'une résurrection du jumelage. (Romain se frappa le front avec le plat de la main.) Il commençait par présenter des excuses pour le compte des services postaux de son pays : la lettre avait mis des mois à lui parvenir. En revanche, il s'amusait de ce que Romain eût oublié de lui indiquer une adresse électronique – un oubli très *vintage.* À dire vrai, la lettre de monsieur d'Astéries avait provoqué un véritable débat au sein de leur conseil d'administration, causant un retard de plusieurs semaines dans l'émission de sa réponse, retard dont il s'excusait. Mais, pour en venir au vif du sujet : si les élèves de monsieur d'Astéries le désiraient, ils seraient les bienvenus dès le mois de juin, quand la région était la plus belle. Le voyage inverse – une classe roumaine accueillie à Chaudezat dans le collège Blaise-Pascal – pourrait être effectué l'année suivante. Le directeur se disait désireux de mettre sur pied un tel partenariat qui, il n'en doutait pas, profiterait aussi bien à l'édification de leurs élèves respectifs qu'à l'intensification d'une collaboration entre leurs deux régions, pour ne rien dire de l'amitié entre les peuples.

Romain resta adossé plusieurs minutes au tableau blanc de la classe, la lettre à la main, pareil à une jeune femme pensive après une leçon d'épinette sur une peinture flamande. Puis il la fourra au fond de sa sacoche comme on balaie de sa conscience une idée dégradante.

Les élèves revinrent par grappes de la récréation, et Romain reprit son cours. Deux élèves jouèrent une scène de *Cyrano* : impassible, il les regardait gesticuler et rire.

— J'ai fini les gâteaux, monsieur de Bergerac !

— Eh bien, lisez les vers imprimés sur le sac !

Quand arriva la pause méridienne, il remit ses documents et son exemplaire jauni de la pièce de Rostand dans sa sacoche ; il enfila sa doudoune d'explorateur arctique prêtée par le père Grange ; il noua son écharpe autour de son cou, puis sortit de la salle. Dans le couloir, il marchait de façon rectiligne, le regard fixe, obligeant les élèves qui couraient dans tous les sens à l'éviter. Parvenu en haut de l'escalier, il s'arrêta, solide autant qu'un récif dans le maelström qui allait et venait autour de lui.

Soudain, il fit volte-face et se dirigea d'un air décidé vers le bureau de la principale. La porte était entrouverte.

— Hum. Mademoiselle, je vous dérange ?

Angela Combes était de dos, affairée. Elle se retourna et pencha la tête pour le regarder par-dessus ses lunettes.

— Ah, monsieur d'Astéries. Vous ne me dérangez pas du tout, je mettais juste de l'ordre dans ce tas de papiers, et m'apprêtais à descendre déjeuner. Il y a du koulibiak, aujourd'hui, au menu des professeurs. C'était une spécialité de ma pauvre mère, j'ai hâte de voir si nos gâte-sauce sont capables de rivaliser…

— Je n'ai pas l'honneur de connaître. Si je peux retarder de quelques minutes votre déjeuner, mademoiselle, voici une lettre que j'ai reçue, je voulais savoir…

Elle s'approcha de lui en claudiquant et lui arracha la lettre, qu'elle parcourut en diagonale en fronçant les sourcils.

— Mais de quoi parle cet illustre monsieur Grigorescu ? « Votre projet, votre proposition… » ?

— Il fait référence à une idée que j'avais eue, hem, avant… Du temps de notre cycle interdisciplinaire, mais je ne…

La paupière de mademoiselle Combes avait commis un mouvement contre-nature à la mention du mot *interdisciplinaire.* Romain s'interrompit, ses derniers mots s'embouteillant dans un borborygme accidenté. La principale ouvrit lentement la bouche, retroussant ses lèvres jusqu'aux gencives comme on le fait de ses manches avant une bagarre.

— Monsieur d'Astéries, dit-elle en détachant bien les syllabes. Je croyais avoir été claire sur ce point, je ne veux plus entendre ne serait-ce que *prononcer* ce mot. En fait, c'est tout un champ lexical que je voudrais voir disparaître de votre bouche. Et quand vous parlez d'une « idée » que vous auriez eue, même par le passé, cela me désoblige, monsieur d'Astéries, cela suscite mon irritation, et vous devriez souhaiter qu'une telle chose n'arrive pas, car cette irritation pourrait être dirigée contre *vous*, monsieur d'Astéries. Je voudrais que vous cessiez d'avoir des « idées ». (Elle mima des guillemets avec ses doigts.) Vous n'êtes pas là pour avoir des « idées », mais pour exécuter un programme. Et cela veut dire : enseigner, transmettre un savoir qui ne date pas de la naissance de Monsieur Romain d'Astéries, mais de bien des siècles en arrière en vérité, avant la naissance de cet établissement, un savoir qui date des jésuites du collège de Clermont, mais même avant, à vrai dire, de la Rome antique, de l'agora d'Athènes…

— Si je ne m'abuse, répliqua-t-il d'une voix mal assurée, tout en faisant un pas de recul par sécurité, on doit en effet le mot d'*école* à la Grèce antique, qui l'a appelée *skholê*, ce qui voulait dire « loisir »…

Mademoiselle Combes se pencha vers lui pour le regarder une nouvelle fois par-dessus ses lunettes avec autant de considération que s'il s'était agi d'un vieux transistor défectueux que l'on hésite à réparer une énième fois ou à mettre enfin à la poubelle.

— C'est vrai que votre dernière classe verte a été un tel succès… persifla-t-elle en se retournant pour attraper sa canne appuyée contre le fauteuil. Et puis la Roumanie, franchement… Vous n'aviez rien d'autre en magasin ? Le Groenland était complet, j'imagine ?

— Je suis insensible à l'ironie, répondit Romain.

Ce qui était vrai.

Mademoiselle Combes, ayant enfilé par-dessus son costume vert émeraude une doudoune sans manches, se dirigea vers la porte et invita Romain à l'emprunter. Puis elle ferma à clé derrière eux.

— Donc c'est non ? demanda Romain en la retenant une seconde de plus.

— Bien sûr que oui… Enfin, *non* ! Évidemment que c'est non ! Vous me cassez les pieds, d'Astéries. Ne revenez plus me mordiller les mollets avec vos coquecigrues, ou j'emploierai la manière forte ! Dernier avertissement.

Et elle le quitta en faisant résonner le claquement de son makila plus fort qu'à l'accoutumée.

Romain resta planté devant le bureau, les yeux légèrement plissés, comme un joueur de billard qui doit calculer plusieurs coups à l'avance.

Trois jours avaient passé. Romain avait cours l'après-midi avec ses quatrièmes ; le soleil de février frappait directement les grandes fenêtres de la salle de classe et des pans entiers de givre se détachaient du toit à intervalles réguliers. On avait entrouvert pour respirer un peu.

— Et je crois que c'est à…

Romain regarda sa liste.

— Plouf, plouf… Jeanne et Laure ! À vous.

Les deux jeunes filles étaient venues solliciter Romain pour qu'il les aide à choisir une scène qu'elles joueraient toutes les deux. Jeanne affublée d'un faux nez serait Cyrano, Laure serait Roxane.

C'est ce moment que choisit mademoiselle Combes pour venir frapper.

— Monsieur d'Astéries, puis-je vous parler une minute ? demanda-t-elle d'une voix neutre en entrebâillant la porte.

Romain pria ses élèves de patienter et, un air ingénu sur le visage, rejoignit la principale dans le couloir.

— Je ne vous dérange pas en plein atelier poterie ? fit-elle en modulant sa voix dans le couloir vide.

— Non, répondit Romain très sérieusement.

Il y avait un ingrédient effrayant dans le ton d'Angela Combes.

— Savez-vous pourquoi je viens vous solliciter, blondin ?

— Pas le moins du monde.

Elle sortit un journal de derrière son dos et le déplia d'un geste vigoureux, pour mettre sous le nez de Romain une page intérieure.

— *La Montagne*, ce matin ! Qu'avons-nous donc là ? feignit-elle de s'interroger, tout en rage contenue. Oh, un encart, un entrefilet !

— Ah, oui.

— Il fallait des lunettes ! Mais j'avais les miennes. Je cite ! Permettez ? « Chaudezat : le petit maître veut emmener sa classe en Roumanie ». Qu'est-ce que c'est que ça, s'il vous plaît ?

— C'est le titre.

— Ah, vous jouez au malin. Écoutez la suite : « sans aucune aide de la région, de l'Éducation nationale ni même de sa hiérarchie, le jeune homme est en train de monter ce voyage scolaire, en partie grâce aux fonds de l'école roumaine partenaire, dans le village jumelé », etc. Dois-je vous expliquer en quoi c'est insultant ?

Mademoiselle Combes écumait littéralement de rage, un filet de bave blanc à la commissure des lèvres.

— Si vous faites allusion à l'expression « petit maître », répondit Romain, je la leur pardonne volontiers, peut-être ne savaient-ils…

— Et vous vous foutez de moi, en prime ! Mais quelle image de notre collège croyez-vous donner avec vos… *simagrées* ? Vous nous faites passer pour des pinces ! Des branquignols ! Des tortilleurs de cul ! Quel est le but, à la fin ? Faire croire aux lecteurs du journal qu'un simple village roumain serait plus compétent pour organiser un échange scolaire que l'Éducation nationale française… ?

— Eh bien…

— Oh, je sens bien votre insolence ! Mais vous êtes d'une ingénuité, mon pauvre ami ! Connaissez-vous les moyens de notre collège ? Avez-vous observé à qui vous aviez affaire ? Nous ne sommes pas dans je ne sais quel établissement bordelais pour gosses de riches !

Mademoiselle Combes criait à présent et toutes les classes du premier étage devaient profiter de l'altercation.

— Je demanderai des aides, répliqua Romain, sans relever l'affront.

— Des aides, des aides ! Allez-y, sollicitez le président de la République pendant que vous y êtes !

— Et pourquoi pas ?

— Des aides ! répéta mademoiselle Combes, comme si la formule avait quelque chose de grotesque en soi.

Il y eut un silence, pendant lequel la principale semblait passer en revue mentalement son dictionnaire personnel de noms d'oiseaux.

— Et puis… continua-t-elle, vous attribuer, à *vous*, un succès que vous ne devez qu'au prestige de notre établissement, construit loin de vous, et bien avant votre arrivée ! Prestige dû en grande partie, d'ailleurs, à des méthodes que vous réprouvez... Mais l'ironie de la chose vous échappera sans doute, comme d'habitude !

Romain baissa la tête. Le feu était trop nourri.

— Retournez travailler, fit mademoiselle Combes en accompagnant son ordre d'un geste de la main. Je ne laisserai pas dire, monsieur d'Astéries, que ce voyage a été imaginé sans le soutien *total* de votre établissement. Je ne laisserai pas penser que nous sommes des grippe-sous. Vous croyiez sans doute vous en tirer tout seul, dans votre première année, comme un génie solitaire ? Mais savez-vous seulement remplir une demande de subvention ? J'exigerai la publication d'un rectificatif, selon lequel le collège Blaise-Pascal était en fait *à l'initiative* de cet échange entre établissements. Et à vous le ridicule !

Elle le planta là. Le cœur battant, Romain alla retrouver ses élèves, qui guettaient sur lui les marques de ce passage sous les fourches caudines. Mais Romain referma négligemment, en passant, *La Montagne* dont un exemplaire était ouvert sur son bureau à la page de l'article, et dit seulement :

— Bien, reprenons.

Il avait un petit sourire au coin des lèvres.

La Montagne publia le rectificatif.

Quelques jours passèrent, pendant lesquels Romain se demanda si le projet allait prendre corps, ou finir étouffé dans l'œuf. Il ne croisa pas mademoiselle Combes dans les couloirs du collège ; personne si ce n'est elle ne semblait avoir lu l'article initial, encore moins l'erratum. La lettre du directeur d'établissement roumain, qui attendait une réponse, flottait au-dessus des heures.

Un matin de froid particulièrement saisissant, Romain était enveloppé d'une épaisse polaire, dans la cuisine de son logeur. Il avait lancé la bouilloire, s'était fait griller du pain et ajoutait à cela un bol de muesli aux fruits secs. Il regardait sans bruit, au-delà de la vitre légèrement embuée, la mangeoire à oiseaux de fortune qui pendait à une branche d'arbre, une bouteille en plastique traversée par une cuillère en bois et remplie de graines, dont les mésanges charbonnières usaient et abusaient. La nuit n'était pas encore dissipée que la première d'entre elles était venue picorer sa part minuscule.

Romain entendit venir de loin dans la maison une voix nasillarde dont il connaissait bien le grésillement. C'était l'émission du matin d'une radio nationale, émanant d'un radio-réveil que le père Grange trimballait toujours avec lui jusqu'en fin de matinée. Ce radio-réveil, Grange l'avait dégoté dans un vide-greniers, comme il l'avait expliqué à Romain avec moult détails.

— « … signale une vigilance orange sur différents départements, notamment le quart nord-est, particulièrement exposé… »

— Comment va monsieur Romain ? lança le logeur, d'une voix qui couvrait celle de la présentatrice.

Son locataire, occupé à mastiquer son muesli, se contenta de lever le pouce. La pièce n'était éclairée que par la lumière orangée de la hotte, au-dessus des plaques électriques.

C'était l'heure du café de Grange. Il sortit du réfrigérateur un sachet d'arabica à mouture grossière maintenu fermé par un élastique, prit dans un tiroir une longue cuillère, et attrapa sur une étagère sa cafetière italienne cabossée. Il en dévissa la partie inférieure pour y verser de l'eau, ajouta quelques cuillères de café en poudre dans le filtre, dont le fond picoté de trous était semblable à la surface d'une fraise, et le tassa.

Romain montra l'objet du doigt.

— Elle aussi, vous l'avez achetée dans un vide-greniers ? dit-il d'une voix gaie en buvant une gorgée de thé.

Grange se retourna vers lui, sa cafetière à la main, en ouvrant des yeux aussi ronds que son visage.

— Celle-ci ? Non, pas du tout, pourquoi ? Je l'ai achetée neuve, lors d'un voyage en Italie avec Sylviane. Nous avions loué une voiture et après Pise, Lucques, Florence et San Gimignano, nous descendions tranquillement vers Sienne, quand une mignonne éch…

— Attendez, Bernard, taisez-vous !

Romain se précipita sur le radio-réveil que Grange avait posé sur le réfrigérateur, pour en augmenter le volume.

« … notre éplucheur de presse quotidienne régionale, Salah Dine. Salah, on vous écoute… »

— Mais enfin, quoi ? demanda Grange.

— Chut ! Elle a… Attendez…

« … Eh oui, Lizie, comme vous l'avez si bien dit, c'est une histoire de professeur, dans un petit village d'Auvergne, une histoire découverte grâce à un encart dans *La Montagne*…

— Vous lisez *La Montagne*, vous, Salah ?

— Mais bien sûr, Lizie, quand je rends visite à mes parents au Puy-en-Velay… Ce professeur, donc, si vous me laissez finir, ce professeur – il s'appelle Romain d'Astéries – a décidé d'emmener sa classe au vert. »

Le père Grange, la bouche ouverte, se tourna vers son locataire. Celui-ci lui fit signe de se taire.

« … Mais pas n'importe où, Lizie : en Roumanie.

— Oh là là…

— Comme vous dites. Le professeur a eu cette idée en voyant que son village du Puy-de-Dôme était jumelé avec un village de la région du Maramureş. La tradition du jumelage, comme vous le savez sans doute, Lizie, est un héritage de la guerre froide, et…

— Je l'ignorais ! »

— Faut qu'ils prennent une chambre, les deux, dit Grange.

— Mais enfin, Bernard !…

« … de cette jolie tradition. Surtout avec un pays qui est l'un de nos plus vieux amis. Il ne nous reste qu'à souhaiter tout le succès possible à ce garçon plein d'initiative.

— Ce *garçon,* ce *garçon*… Vous êtes à peine plus âgé que lui, je crois, Salah ?

— Oh, arrêtez, Liz… »

Grange éteignit le radio-réveil. Puis il saisit le jeune homme par les avant-bras et, de la joie plein les yeux, entama une sorte de polka.

Romain riait. La pièce s'était réchauffée.

Le lendemain, Romain fut à nouveau interrompu en plein cours par des coups donnés sur la porte.

— Attendez une seconde.

Dans le couloir, trois personnes faisaient le pied de grue. Le journaliste de *La Montagne* bien connu de Romain, avec la dragonne de son appareil-photo numérique autour du cou, mademoiselle Combes, étonnamment en retrait, et, comme escorté par eux, un troisième homme inconnu de Romain, un homme trapu, peut-être ancien forgeron. Sa présence semblait susciter chez la principale des sentiments mêlés. Rayonnant, il tendit la main vers Romain.

— Alors c'est vous.

— Hum, intervint mademoiselle Combes. Monsieur d'Astéries, je vous présente monsieur le maire, François L'Érable.

— Ah ! fit Romain. Eh bien, bonjour, monsieur le maire.

— Voudriez-vous abandonner vos élèves quelques minutes pour nous suivre dans la cour ? reprit aimablement le maire de Chaudezat.

C'était une froide journée ensoleillée ; chacun eut le réflexe de remonter son col en sortant de l'établissement.

— Voilà, comme ça, nous sommes tranquilles, dit mademoiselle Combes.

— Monsieur d'Astéries, dit le maire.

Avec son air hiératique et ses yeux mi-clos, il ressemblait à un très vieux Libyen.

— Alors voilà, continua-t-il, la mairie vous apportera le soutien nécessaire pour mener à bien votre projet d'échange. J'ai naturellement pensé moi-même à réactiver ce jumelage il y a des années, mais…

Romain, abasourdi, observait les lèvres du maire bouger dans le vide. Ce fut le correspondant de *La Montagne* qui dut le rappeler à l'ordre pour qu'il prît la pose, avec la principale et le maire, qui avait fini sa tirade.

— Bref, comptez sur nous.

Puis le maire repartit travailler (il était ébéniste). Quand le journaliste fut reparti également, Romain remonta les marches avec la principale, jusqu'au premier étage. Il osa :

— Mais, mademoiselle… C'est vous qui l'avez fait venir, le maire ?

Mademoiselle Combes avançait difficilement, en mettant tout son poids sur son makila. Elle fuyait son regard et respirait fort, si fort que Romain crut qu'elle ne l'avait pas entendu.

— Je disais…

— J'ai bien entendu votre question, monsieur d'Astéries. N'ai-je pas dit que vous n'y arriveriez jamais tout seul ?

— Mais…

— Arrêtez un peu de réfléchir, vous allez encore attraper un rhume de cerveau. Et rejoignez vos élèves, ils vous attendent.

Embarrassé, il passa une main dans ses cheveux pour les ébouriffer et rentra dans sa classe.

Le lendemain, un nouvel article paraissait dans *La Montagne*, déjà le troisième à ce sujet en comptant le rectificatif de Combes. Romain y apparaissait comme le cerveau de l'opération, mais cette fois-ci pleinement soutenu par sa hiérarchie, et maintenant par la mairie, qui mettrait des moyens sur la table.

Mais ce n'était toujours pas un portrait.

Le jeudi matin, Romain n'alla pas au collège.

La 4L pétaradante de mademoiselle Combes l'attendait devant l'ancien couvent. La principale se pencha pour lui ouvrir la portière côté passager :

— Montez !

Deux jours auparavant, elle l'avait arrêté par une interjection alors qu'il passait devant son bureau. « Jeudi, lui avait-elle dit, vous ne donnerez pas cours. Alain vous remplacera pour l'après-midi. Jeune homme, je vous emmène à Clermont-Ferrand ! »

Romain mit son sac à dos à l'arrière et attacha sa ceinture. La 4L d'Angela Combes, qui peinait dans les montées, quittait Chaudezat. Elle ne croisait personne qu'elle n'obtînt un signe de la main amical : la voiture était reconnue dans le village, comme sa propriétaire.

— Est-ce que vous allez enfin me dire ce que…

— Patience, blondin. Je n'ai pas eu une seconde depuis des jours. Il faut dire que je trimais sur ce dossier. (D'un signe de tête, elle désigna une pile de feuilles sur le tableau de bord, assemblées par un trombone.) Ce n'est pas le premier que je remplis, mais c'est toujours une tannée.

— Un dossier…

— Rrroh, faites un effort, bon sang ! Reliez les points ! C'est une demande de subvention auprès du Conseil départemental du Puy-de-Dôme. Histoire d'envoyer nos troupes sur le front de l'est… J'ai plaidé votre cause de façon flatteuse : vous n'en lirez donc pas une ligne.

Romain se tut et regarda par la vitre.

Trois quarts d'heure plus tard, ils se garaient sur la place Delille, non loin de l'avenue qui menait à Montferrand. En sortant de voiture, mademoiselle Combes montra à Romain le grand hôtel sur la place.

— Si l'on avait dû passer la nuit, je nous y aurais pris deux chambres. La vue sur Clermont du sixième étage est impériale. Et je ne vous dis rien du petit-déjeuner.

Romain suivit docilement la principale le long d'une rue aux pavés noirs qui montait vers le vieux Clermont, vers la cathédrale.

— Je connais une vieille cambuse où l'on va retrouver des forces… J'espère que vous avez faim, monsieur d'Astéries. Oh, tenez…

Elle se tourna soudain vers la droite où, après un escalier qui descendait, se dressait la basilique de Notre-Dame-du-Port, que Romain n'avait pas vue.

Angela Combes, formant deux L avec ses doigts, cadrait l'entrée de la basilique comme une cinéaste.

— Et… action ! Vous n'avez pas vu *Ma Nuit chez Maud* ? La première scène est tournée ici, c'est une sortie de messe… Le tournage a eu lieu pendant ma seule année d'études à Clermont. Je musardais dans les parages, espérant que quelqu'un me prendrait pour Marie-Christine Barrault… mais sans succès, conclut-elle.

Ils baguenaudèrent deux minutes supplémentaires pour faire le tour du bâtiment religieux.

— Toute la basilique est en arkose, cette roche ivoirée qui a donné son nom à la ville – le mont clair, que les Romains voyaient de loin… Toute ? Non, d'ailleurs : le clocher occidental, abattu pendant la Révolution, a été reconstruit en pierre de lave, dans un style néoroman.

— Une sorte de *kintsugi* architectural…

Après une brève déambulation dans les ruelles du centre-ville, creusées comme les rigoles laissées sur un papier par un caractère d'imprimerie, et surplombées toutes par la masse noire de la cathédrale, Combes entra avec Romain dans une taverne.

— Cet endroit, glissa Combes en s'asseyant, c'est un petit secret que je vous confie, d'Astéries. Un joyau caché, une gem…

Au même moment, un serveur vint déposer devant eux deux assiettes fumantes.

— Canard aux pommes !

— Ah ! fit Combes. Nous n'avons pas vu le menu.

— Menu unique aujourd'hui, répondit le serveur avant de disparaître.

La principale se mit à découper son canard, en grommelant.

— Hum, fit Romain. Dites-moi une chose… Pourquoi n'avez-vous pas tout simplement envoyé le dossier par la poste ?

— *Tout simplement*, répondit mademoiselle Combes en mâchant son canard, parce que je connais personnellement Basile Pichon, le président du Conseil départemental. Avant de passer un concours administratif et d'être expédié dans les hautes sphères, il avait participé à une formation avec moi dans les années 1980…

Après le déjeuner, Romain et sa principale se rendirent au Conseil départemental du Puy-de-Dôme. Ils prirent évidemment la rue Pascal, la rue Savaron, longèrent le bar-café de la rue Massillon, et descendirent enfin la rue de la Treille.

— Près d'ici, j'allais danser dans un bar pain-croque, confessa mademoiselle Combes.

— Pain-croque ?

— Eh bien oui, pain-croque ! Les Ramones, Pink Floyd, Led Zeppelin, quoi !

— Ah, d'accord… *Punk rock* !

— C'est ça. Pain-croque.

Ils étaient attendus au Conseil. On les mena devant le bureau de monsieur Pichon.

— Entrez ?

Basile Pichon se déploya plus qu'il ne se leva. Cet homme aux lunettes à double foyer et à la voix grave était si grand que son corps changeait trois fois de direction entre ses pieds et sa tête. Preuve en était que mademoiselle Combes, déjà imposante, dut se mettre sur la pointe des pieds pour lui faire la bise.

— Angela !

— J'espère que je peux encore t'appeler Basile…

Le visage aux lèvres charnues de Basile Pichon, rassis derrière son bureau, resta impassible pendant que la principale du collège Blaise-Pascal exposait son cas. Elle mit en avant la fougue de Romain, son inventivité. La motivation de l'établissement partenaire. Elle exagéra un peu les compétences en roumain de sa classe de quatrième. Et invoqua en dernier lieu l'amitié qui les liait, Basile et elle-même.

— Oui, ça, pour l'amitié, tu as raison, réagit enfin le président du Conseil départemental comme une de ces fausses statues de lieux touristiques qui s'animent soudainement en faisant sursauter tout le monde. Cela pourrait *justement* poser problème, quand on parle d'argent public. Néanmoins, l'idée me séduit. (Il regarda par la fenêtre.) J'ai toujours perçu une parenté profonde entre la France et la Roumanie... Si ça n'avait tenu qu'à moi, j'aurais développé bien plus tôt un tel partenariat. Mais vous savez comme les gens vous mettent des bâtons dans les roues dès que vous avez une idée audacieuse...

En disant cela, il planta son regard dans celui de Romain, qui n'osa pas acquiescer et se contenta de cligner des yeux.

— Bref, conclut Basile Pichon. Je défendrai bien sûr votre dossier au prochain conseil, mais je ne vous promets rien.

Angela Combes, en sortant du bâtiment accompagnée de Romain, arborait le sourire du vainqueur.

— Monsieur d'Astéries, lui dit-elle, écrivez en rentrant à votre chef d'établissement roumain. On va le faire, cet échange.

Il restait quatre mois pour tout mettre en place.

Ce qui intéressait les élèves, plus que les histoires de moyens, de trains et de financement, plus que ce qu'il y avait à faire, à voir ou à découvrir là-bas, et peut-être plus que la Roumanie elle-même en vérité, c'était l'identité de leur futur correspondant.

Romain avait été mis en relation avec son homologue, le professeur de la classe de sixième (les élèves de 12 et 13 ans) dans le collège Ion-Mihalache. Ils étaient convenus d'un protocole pour le choix des correspondants. Histoire d'éviter la foire d'empoigne, ils se chargeraient – eux, les professeurs – d'apparier les élèves.

Pour ce faire, chaque élève – côté roumain et côté français – reçut une fiche cartonnée, de couleur jaune, taille A4. Il fallait, dans le coin supérieur droit, coller une photo d'identité, puis compléter chacun des champs, comme sur un formulaire. La plupart étaient faciles à remplir (lieu de naissance, âge, allergies alimentaires) mais, quand on en venait au champ final, celui des hobbies, chacun se grattait la tête, car il s'agissait de se démarquer : c'était là qu'on pouvait creuser l'écart.

Romain, lui, était à son affaire, comme s'il avait attendu cela sa vie entière. Tout en s'acquittant mieux que jamais de ses fonctions de professeur, il était au four et au moulin, faisant un saut dans le bureau de la principale pour régler un détail, échangeant des courriels quotidiens avec son homologue Eduard – qu'il appelait, en complicité avec mademoiselle Combes, « Eduard des Carpates » –, échafaudant des projets dans le projet.

Les fiches furent collectées par Romain et mises dans une grande enveloppe comme pour un dernier hommage au XXe siècle ; celle-ci fut dûment affranchie, puis postée. On attendit la réponse.

Et mars arriva, au son des martinets qui passaient à toute vitesse devant les fenêtres avec leur sifflement de feux d'artifice avant l'explosion.

— Avec tous vos chambardements, n'oubliez quand même pas de demander votre mutation en Guyane, monsieur Romain, dit Grange en jetant de vieux emballages dans l'âtre crépitant.

— Oui, Bernard. J'y pense.

— Ce serait idiot de louper le coche une deuxième fois.

Du jour au lendemain, sans que Romain sût si cette coquetterie avait un quelconque rapport avec son affaire, le père Grange rassembla ses cheveux en arrière pour se faire un catogan. Les articles successifs dans *La Montagne* avaient eu un fort effet sur lui, et il ne manquait pas une occasion, au village, de rappeler que le petit jeune homme avait l'heur d'être son locataire. C'est pourquoi on le trouvait souvent, dans la journée, accoudé au comptoir de chez Henriette, lisant le journal, faussement absorbé, attendant d'être interrompu.

En ce samedi de mars au froid vigoureux, au ciel changeant, Grange ne cessait de regarder par la fenêtre. Jusqu'au moment où il sembla déceler, dans le mouvement des nuages, quelque chose qui lui plut.

— Monsieur Romain… fit-il en chuchotant.

— Mmm… ?

Le professeur était assis sur le fauteuil à bascule du salon, calant un paquet de copies sur une bande dessinée qu'il avait attrapée dans la bibliothèque. Il leva les yeux.

— Vous savez, cette promenade dont je vous ai parlé… Sur la crête…

Romain ne le quittait pas des yeux.

— Bref, ce n'est pas pour vous déranger dans votre travail, mais… Je pense que si vous n'avez rien contre un chemin cahoteux et ma vieille Suzuki Samurai un peu tape-cul, c'est le moment, là…

Romain regarda à sa droite le tas de copies corrigées, et à sa gauche, celles encore à corriger. Il soupira, l'œil curieux.

— Vous savez quoi, Bernard ? Je vous suis.

Quelques minutes plus tard, ils s'échappaient des hauteurs de Chaudezat en quittant la route goudronnée pour emprunter un chemin large, mais caillouteux. Romain suivit du regard le sentier entre les aulnes qu'il avait gravi en compagnie de sa classe, un certain jour.

L'habitacle de la Suzuki sentait le papier d'Arménie. Romain, qui n'en croyait pas ses narines, le fit remarquer.

— Ça a l'air de vous surprendre, s'exclama Grange. Mais je suis un raffiné, moi !

Puis il mima le bruit de son moteur, alors que sa voiture se laissait descendre, au point mort, sur une dizaine de mètres.

Il demeurait encore, dans certains fossés, des mottes de neige entières. Le chemin, tantôt bordé d'arbres serrés, ouvrait tantôt de larges perspectives, sur des prairies inclinées ou sur d'oblongues tentes de maraîchers dont le blanc évoquait celui des nids de chenilles processionnaires.

— Voyez la maison, là-bas ? dit Grange.

Il y avait en effet un toit fumant, entre deux collines.

— C'est chez le Guilloux.

— Monsieur Le Guilloux ?

— Non, non, Jean Guilloux, tout court.

— Ah, Guilloux.

— Oui, le Guilloux, quoi.

— D'accord.

— Il y a quelques années, quand je travaillais tous les jours de la semaine, et que je traînais ma Suzuki jusqu'à Ambert…

— Mais, Bernard, pardon de vous interrompre… Vous travailliez dans quoi avant, au juste ?

— Fonctionnaire, monsieur.

— Mais encore ?

— Perception des impôts.

— Vous ne me l'aviez jamais dit.

— Vous n'avez pas demandé. Bref, je faisais tous les jours l'aller-retour à Ambert. Au bout d'un moment, je me suis rendu compte qu'on me volait mon bois. En rentrant le soir, je voyais le tas de bois dans l'appentis moins fourni que je ne l'avais laissé en partant le matin.

— Mais vous ne fermiez pas à clé ?

— On ne ferme pas toujours à clé, ici, monsieur Romain.

— Bon.

— Alors j'ai eu une idée, pour confondre mon voleur.

— … Vous avez mis une caméra.

— Ah non, pas du tout. Mais c'est une bonne idée !

— Comment ça, une bonne idée ? C'est la plus évidente !

— Je n'y avais pas pensé.

— Bref, pardon. Votre idée, donc ?

— J'ai mis de la poudre à fusil dans l'une des bûches.

— Vous avez… quoi ?

— J'ai pris une bûche dans mon tas, je l'ai percée avec un foret de 10, j'ai versé de la poudre à fusil dedans, et puis j'ai rebouché la cavité avec de la pâte à bois pour que ça ressemble à une bûche normale… Tenez, là !

Un lièvre traversait la route à toute berzingue. Grange ralentit.

— Et alors, et alors ? le pressa Romain.

— Et alors, dit Grange en repassant la troisième, j'ai remis la bûche piégée sur le tas. Le lendemain, je partais une semaine chez ma fille à Saint-Étienne.

— Et… ?

— Je rentre tranquillement, à la fin de mes vacances. Aussitôt, je vais voir mon tas de bois : sans surprise, il avait été dévalisé. La bûche piégée, notamment, avait disparu. Je vais donc faire un tour chez Henriette pour lire le journal au comptoir. Je me glisse parmi les gourlassous…

— Les… comment ?

— Les gourlassous ! Un mot d'ici. Les soiffards, si vous préférez. Bref, et je demande comme ça, alors quoi de neuf en mon absence, l'air de pas y toucher, vous voyez, monsieur Romain. En sirotant une châtaigne. Oh ben pas grand-chose, qu'ils me disent. J'attends cinq secondes et puis… « Oh, si », qu'elle me fait, Henriette. « Tu ne sais pas ce qui est arrivé au Guilloux ? » Non, je dis. L'air un peu con, voyez, monsieur Romain. « Ah oui, le Guilloux, tiens ! », c'est un des gourlassous qui ajoute. L'autre se marre. « Il était en train de cuisiner quand, d'un seul coup, il a entendu un énorme *boum !* qui venait du salon », me dit Henriette. « Une explosion », me traduit un des soiffards. « Le foyer de sa cheminée complètement explosé, de la cendre partout dans son salon, la vitre en verre de son insert qui était allée s'éclater contre le mur d'en face à cinq mètres de là… » Et moi, très étonné, je dis : « Ah bon, et on sait ce qui a pu causer l'explosion ? » « Aucune idée, me répond Henriette, mais il est encore en train de ramasser. »

Le père Grange, quittant la route du regard une seconde, se tourna vers Romain. Ses yeux bleus le trahissaient : il était sur le point d'éclater de rire une nouvelle fois, au souvenir de cette bonne farce. Mais Romain, bouche bée, était indigné.

— Enfin, Bernard… C'est très dangereux ! Vous auriez pu tuer ce pauvre type !

Grange eut un petit rire embarrassé.

— Je l'ai pas tué, monsieur Romain. C'est le principal. Et puis quand même, il me volait mon bois... De toute façon, c'était un brigand, le Guilloux. Il dirigeait un abattoir du côté de Lezoux, et il a été condamné pour avoir étiqueté en race à viande des vaches laitières. Eh, trois ou quatre cents euros de gain sur chaque bête, le gourmand...

Romain, les bras croisés, se tourna vers sa vitre. Grange délogea un chat qu'il avait dans la gorge.

Il gara la Suzuki en haut d'une éminence et sortit marcher dans l'herbe, laissant Romain dans la voiture. Les mains dans les poches, Grange s'ébroua.

Romain finit par le rejoindre. Il dut réveiller quelqu'un en claquant la porte de la Suzuki, car aussitôt, un bruissement se fit entendre dans le bosquet d'arbres qui se trouvait près d'eux.

— Ah, te voilà, toi, dit simplement Grange.

Et, en effet, le milan royal, dans un sifflement caractéristique, quitta à ce moment le sommet du hêtre qu'il occupait, par un plongeon suivi d'un premier battement d'ailes à la fois ample et puissant, dont le son ressemblait à celui d'un tapis de voiture que l'on fait claquer contre un mur.

Romain et son logeur regardèrent longtemps l'oiseau s'éloigner.

— On rentre ? dit Grange.

Et son locataire le suivit docilement.

— C'était il y a longtemps... dit le vieil homme en guise d'excuse.

— Oui, oui, répondit Romain, désireux de passer le sujet.

La voiture emprunta des chemins serpentins. La nature autour d'eux reprenait vie, ouvrait des yeux encore collés par le sommeil.

Dans un lacet, Grange ralentit.

— Tenez, c'est la maison d'Angela, là-bas. La maison en chewing-gum.

— Mademoiselle Combes ? Ah oui, je reconnais la 4L garée devant. Mais… c'est une sacrée baraque pour une femme seule.

— Comment, une femme seule ? Elle a un fils de votre âge !

— Un fils ? !

Romain dut encaisser l'information.

— Je comprends mieux… Le cadre, sur le bureau…

— D'ailleurs, dit Grange, c'est un beatnik.

— … Qu'est-ce que vous racontez ?

— Bah… Un beatnik, quoi ! Le genre cheveux longs, anneau dans le nez ! Avec toujours un combat sur le feu, un tract à vous refourguer…

Romain se tut jusqu'à l'arrivée dans la cour du couvent. Grange freina un peu tard et la Suzuki eut le nez dans la haie d'aubépines.

Fabien se remit à saluer Romain dans les couloirs.

Il faut dire, d'une part, que Julie, la prof de maths, avait été mise à contribution pour le voyage en Roumanie. On lui avait confié toutes les données afin, selon le mot de mademoiselle Combes, de les *mouliner* et de trouver le trajet le plus économique possible. Ce fut le train, plutôt que l'avion, qui emporta la timbale, malgré la complexité du trajet. Il faudrait monter à Paris, de là prendre le train pour Munich, puis là-bas une correspondance pour Budapest en Hongrie, et enfin il y aurait Timişoara, la ville la plus occidentale de Roumanie ; on y passerait une nuit, puis on prendrait un train intérieur pour la région du Maramureş, dans le nord du pays, jusqu'à la ville de Baia Sprie, d'où on emprunterait encore un minibus pour Sighetu Marmaţiei, tout au nord, puis Budeşti – où se trouvait le collège Ion-Mihalache.

D'autre part, il fallait identifier les accompagnateurs. La classe de quatrième comptait vingt-six élèves : la loi exigeait trois adultes. Romain était évidemment le premier accompagnateur ; mademoiselle

Combes proposa d'être la deuxième ; elle suggéra Fabien pour le troisième. C'est qu'il fallait quelqu'un de jeune, dit-elle en présentant le fait accompli devant les autres professeurs lors d'un conseil de classe, mais également quelqu'un de dynamique et résistant à l'âpreté du climat roumain, même en été, ajouta-t-elle en se tournant vers Fabien, qui bomba le torse.

— C'est une jolie chose que tu as réussie, l'ami, vint-il dire à Romain à la fin du conseil de classe.

Romain fit un geste de vanité avec la main, mais son sourire – qui était de famille – le trahissait.

Les fiches des correspondants roumains arrivèrent enfin dans la boîte aux lettres du collège Blaise-Pascal. De leur côté, ils n'étaient que vingt-cinq élèves, de sorte qu'un des élèves roumains devrait avoir deux correspondants français pour lui tout seul.

Romain, assisté de la principale, apparia les correspondants. Dans la mesure du possible, ils firent des binômes du même sexe ; mais il y avait plus de filles côté roumain, on devait donc panacher un peu. Il fallut identifier les garçons les plus matures côté français, qui seraient dignes d'avoir une correspondante fille. Romain tenait le trombinoscope de sa classe comme on considère son jeu au poker.

— Bon… Pas Rémi, nous sommes d'accord ? demanda-t-il à Combes.

— Pas Rémi, non, répondit-elle.

Leurs regards se croisèrent et ils eurent un rire simultané : celui d'Angela Combes découvrait toutes ses dents et on voyait en une fraction de seconde la petite fille qu'elle avait été.

Le lendemain, Romain profita de son heure de cours pour révéler les binômes. Ce fut un peu cérémonieux : chacun fut appelé par son nom et dut venir au tableau récupérer la fiche de son correspondant.

— Rémi ?

— Oui !

— Tu seras avec Dimitrescu.

Il y eut maint « oh ! » et maint « ah ! ». On comparait les visages, les dates de naissance. Lucas et Alexandre furent les deux garçons qui eurent pour correspondantes des filles. On les jalousa. « La chance, p… », s'exclama Enzo. Romain laissa dire.

— Jeanne ?

— Oui ?

— Tu seras avec Despina.

Il soutint quelques secondes le regard de Jeanne, excitée de découvrir sa correspondante. Puis elle retourna s'asseoir à sa place.

On s'occupa de traduire la rubrique « hobbies » sur les fiches des petits Roumains, avec l'aide du dictionnaire. L'ambiance était joyeuse, bouillonnante. On comparait les mérites de chacun, sur des critères qui pour beaucoup échappaient au professeur. « Trop cool, le tien, il a du gel dans les cheveux ! » ; « Ah, la mienne elle joue aussi au tennis, c'est *ouf* ! Je vais pouvoir jouer avec elle ! »

— Ça n'a rien de particulièrement *ouf*, pourquoi crois-tu qu'on vous a mises ensemble, malinette ? demanda Romain d'un ton léger. Allez, on range tout, vous regarderez ça chez vous, et on ressort Molière ! *Le Misanthrope*, acte II, scène IV. « Il veut voir des défauts à tout ce qu'on écrit, / Et pense que louer n'est pas d'un bel esprit. / Que c'est être savant, que trouver à redire ; / Qu'il n'appartient qu'aux sots d'admirer, et de rire… » Après moi !

Avril passa.

On prépara des lettres pour les correspondants. On écrivait une première fois en français, et on traduisait approximativement en roumain. Il ne s'agissait pas d'entrer dans les subtilités grammaticales de cette langue complexe, mais de se faire comprendre. On se faisait glisser le dictionnaire, on relisait la lettre du voisin. C'était amusant comme un code secret.

On reçut les lettres des petits Roumains, écrites dans un français étonnant, parfois vieillot mais souvent correct. Elles contenaient des photos, d'eux avec leurs parents, avec leurs amis, en promenade, sur un court de tennis ou au collège, des informations sur leurs animaux domestiques, leurs attentes, leur hâte de voir arriver les petits Français dans leur village.

On travailla, avec la collègue d'histoire-géographie, sur la Transylvanie et la région du Maramureş. Cela tombait bien, car les élèves en étaient à l'Empire romain dans le programme d'histoire. Empire à qui la Roumanie devait son nom, puisque les Romains avaient poussé leur avantage jusqu'aux rivages de la mer Noire. On trouva sur un site de vente d'occasion en ligne, avec l'aide du prof de techno, un livre de photographies sur le Nord de la Roumanie. Il fut acheté pour le CDI de l'établissement.

On reçut une nouvelle fois le correspondant de *La Montagne* pour une photo de classe. Il demanda aux élèves les plus méritants de dire quelques mots en roumain. Le professeur, sur la photographie publiée dans le journal, était assis au milieu d'eux.

« J'ai remarqué que vous aviez une petite Popescu dans votre classe ! » écrivit dans un courriel Eduard des Carpates, l'homologue de Romain. « Ah tiens, drôle de coïncidence », répondit Romain.

Roumanie

— On devrait interdire les discours avant huit heures du matin, glissa Romain à l'oreille de Fabien.

Les élèves étaient alignés dans la brume matinale de juin, leur valise au garde-à-vous à côté d'eux. Un grand car vert flambant neuf était garé dans la cour du collège et, sur une estrade improvisée, le maire de Chaudezat disait quelques mots de bon aloi, visiblement ému.

— ... Le conseil municipal, vous le savez, a été immédiatement séduit par le projet de M. d'Astéries. Et c'est pourquoi nous avons voté une aide exceptionnelle de la commune pour financer le car jusqu'à Paris, ainsi que le pique-nique du premier jour de voyage. La mairie a fait, comme on le dit maintenant, sa part du colibri...

Les élèves bâillaient avec plus ou moins de discrétion, ponctuant la chose d'un frisson incontrôlable. Le correspondant de *La Montagne* avait fidèlement fait le déplacement, et mitraillait de son appareil-photo le discours du maire. Mademoiselle Combes, elle, se balançait d'un pied sur l'autre en tenant son makila appuyé devant elle. Elle ne pouvait cacher une certaine excitation.

Des parents étaient là pour faire leurs adieux. Romain aperçut, de loin, la mère de Jeanne, qui s'était accroupie devant sa fille pour lui prodiguer des conseils. Il détourna le regard pour aller glisser sa propre valise dans la soute du car. Le maire qui venait de terminer son allocution s'approcha alors pour lui dire avec un œil coquin :

— Vous êtes une sorte de fou, vous…

— *Il fallait que Colomb partît avec des fous pour découvrir l'Amérique*, répliqua Romain.

Il y eut une dernière photo de groupe, prise par Denis Reyrolle. Même si l'on avait un peu peur, il fallait bomber le torse : on ne posait pas pour les lecteurs de *La Montagne*, mais pour l'histoire.

Il y aurait trente-cinq heures de voyage avant d'arriver à destination. Chaque élève, après avoir mis sa valise en soute et avant de monter dans le car, reçut solennellement un panier-repas dans un sac plastique, remis par l'adjointe au maire – le vert des Granny Smith traversait le plastique. Bien vite, chacun eut pris sa place en fonction des affinités personnelles et, les derniers adieux effectués au travers des vitres embuées qu'on avait frottées de façon circulaire avec sa manche pour se faire un hublot, on partit.

Les trois adultes accompagnateurs étaient assis aux premières places. Derrière, les élèves étaient bel et bien sortis de leur sommeil et avaient commencé sans attendre les discussions, les rires et les jeux. Le car passa Courpière, Néronde-sur-Dore, Pont-de-Dore,

Lempdes et Thiers avant de rejoindre l'autoroute qui fonçait vers Paris. Il était à peine huit heures du matin.

Ce fut le moment que choisit mademoiselle Combes pour se lever dans la travée centrale et attraper le micro que lui tendait la conductrice du car.

— S'il vous plaît… Un peu d'attention, je voudrais vous dire un mot.

Les élèves cessèrent leur brouhaha.

— Merci. Vous savez – Rémi, arrête de jouer avec ce store, s'il te plaît – vous savez, donc, qu'en montant dans ce car, vous avez accepté une responsabilité. Avant de monter dans ce car, vous n'étiez encore que des élèves, des élèves du collège Blaise-Pascal de Chaudezat, en Auvergne. Dès que nous aurons franchi la première frontière, vous vous transformerez en *ambassadeurs*. Qu'est-ce que c'est, un ambassadeur ? Oui, Jeanne… ?

— C'est quelqu'un qui représente son pays à l'étranger ?

— Très bien. Vous allez rencontrer du monde sur le chemin, et une fois arrivés. Des gens qui pour beaucoup n'auront jamais vu un Français de leur vie, et pour certains n'en verront jamais d'autre après vous. Vous avez donc un rôle essentiel. Ce que vous allez graver dans leur esprit, c'est une image de ce qu'est – par essence – un Français. Vous comprenez ?

Le discours de mademoiselle Combes continua ainsi pendant un certain temps, puis elle passa dans les rangs pour distribuer des cartes plastifiées avec le nom de chacun, et leur situation expliquée en quelques mots de roumain, avec des numéros de téléphone.

Le reste du voyage jusqu'à Paris se fit dans une légère somnolence, interrompue à peine par les discussions des élèves, que captaient Fabien et Romain par-dessus leur siège. Il était une nouvelle fois question de classements de beauté parmi les *mecs* de la classe, mais aussi des derniers développements d'une téléréalité très suivie par les élèves. Sandy avait-elle eu raison, ou non, de gifler Elimane ? Il est vrai que celui-ci s'était montré plutôt cavalier lors de la semaine précédente. Mais cela justifiait-il, etc. Il se jouait là des problèmes éthiques qui rivalisaient en sophistication avec les querelles scolastiques du Moyen Âge.

— Quelle était, d'ailleurs, leur dernière classe verte ? demanda Romain à mademoiselle Combes.

— La source de la Loire au mont Gerbier-de-Jonc, répondit-elle avant de feindre de se rendormir.

Fabien, de son côté, gigotait sur son siège.

— Tout va bien, l'ami ? chuchota Romain.

— Ça va, ça va, répondit Fabien en clignant plusieurs fois des yeux. C'est juste que… Ça me fait un peu peur, les trente-cinq heures de voyage sans activité physique…

Fabien se prit la tête entre les mains.

— Ça va aller, fit Romain.

Il lui tapotait l'épaule, embarrassé comme quelqu'un qui ne saurait pas consoler un ami dont les muscles risqueraient de devenir flasques à cause des protéines.

Le car les déposa à Paris devant la gare de l'Est avant de reprendre la route d'Ambert en sens inverse. La mairie, sponsor officiel du trajet en car, passait le relais au département du Puy-de-Dôme, qui avait financé le rapide Paris-Munich : Romain et la principale eurent une pensée pour Basile Pichon. Les trois adultes encadrèrent la transhumance depuis le parking de la bruyante et sale gare de l'Est jusqu'au quai du Thalys. Les adolescents s'étaient spontanément mis en rang par deux, comme une régression choisie et rassurante vers l'enfance.

— Wah ! fit le petit Étienne en voyant, accosté à quai, l'interminable véhicule.

De la classe, il était le seul à n'avoir encore jamais pris le train, et ce voyage allait ancrer chez lui une durable passion pour les locomotives.

Les élèves du collège Blaise-Pascal et leurs professeurs avaient trois compartiments pour eux, reliés par un couloir latéral semblable à une coursive ou une galerie. Quand tout le monde fut bien installé, mademoiselle Combes se rendit dans le couloir et s'appuya contre le rebord de la ventilation pour regarder le paysage défiler. Romain la rejoignit.

— Nous serons à Munich dans quatre heures, énonça Romain, comme pour se rassurer en retombant sur une vérité établie.

Angela Combes ne répondit rien. Son visage sérieux scrutait l'horizon, y cherchant peut-être la ligne bleue des Vosges, tandis qu'elle caressait le pommeau de son makila.

— Imaginerait-on le ministre Ferry partir en classe verte en Roumanie ? dit-elle enfin dans un soupir.

Les élèves roupillaient, jouaient à des consoles portables ou, pour certains, lisaient. Fabien, lui, ne tenait pas en place. Aucune position ne lui était confortable. Avachi sur son siège, il faisait rebondir son genou. Puis il croisait les jambes, ou se mettait sur le côté, en chien de fusil.

— Monsieur Bedenne devrait peut-être profiter du couloir pour se dégourdir les jambes, lança la principale d'un ton sarcastique.

Le visage de Fabien s'illumina.

— N'empêche ! s'exclama-t-il.

Interdits, Romain et Angela Combes suivirent du regard l'adonis béarnais qui, d'un bond, s'était précipité dans le couloir longeant les cabines.

Il ne fallut pas plus d'une minute pour l'apercevoir par la vitre du compartiment : il déboula dans un sens en faisant des talons-fesses, puis dans l'autre avec des montées de genoux. Son échauffement terminé, il piqua quelques sprints dans les deux sens, jusqu'à ce qu'une exclamation retentît dans le couloir.

Il revint penaud, en sueur, s'asseoir auprès d'eux, en massant son genou endolori.

— Vous vous êtes esquinté, évidemment, grinça mademoiselle Combes qui surmontait à grand peine son agacement.

— Plus de peur que de mal, conclut Fabien. Je peux confirmer en tout cas que leurs rampes d'accès sont vraiment solides. Mais décidément l'endroit n'est pas adapté…

— Étonnant, lâcha la principale.

Les quatre adolescentes du compartiment pouffèrent de rire, en se cachant les dents, qu'elles avaient pleines de bagues.

— Jeunes filles, les reprit Combes.

Alors que la soirée approchait, on ne put empêcher des cavalcades de la part des élèves, dans le couloir comme dans les compartiments. Le voyage était une continuité du collège, mais sans cour de récré. Romain avait recompté pour la énième fois les documents administratifs remplis par les parents, dont le tirage sur l'imprimante du collège avait dû coûter la vie à une petite forêt. Puis ce fut l'heure du dîner. Il avait été convenu que les parents le confectionneraient eux-mêmes et le rangeraient dans la valise de leur enfant. C'est alors qu'il y eut des échanges : Thérèse troqua ainsi une barquette d'endives aux noix et à la vinaigrette contre les aubergines au parmesan de Rémi. Ce fut un festin, un symposium.

Arrivés en gare de Munich, ils n'eurent qu'une transhumance minimale à effectuer : le train de nuit qui les emmènerait à Budapest, en Hongrie, se trouvait sur le quai d'en face. Ils purent remercier cette fois-ci l'Union Européenne qui, après le département, avait contribué à financer ce tronçon du voyage.

Ce fut un joyeux charivari ; le wagon entier qu'ils occupaient fut transformé en soirée pyjama. Mademoiselle Combes, dans une montée d'espoir qui flirtait avec la foi chrétienne, passa dans les compartiments pour distribuer des questionnaires polycopiés sur la Roumanie.

Fabien en intercepta un au passage.

— Wah, ça a l'air super difficile.

— Ça ne vous ferait pas de mal d'essayer de le remplir, monsieur Bedenne, répliqua Combes d'un ton narquois.

Les polycopiés finissaient sur le tas de vêtements d'une valise éventrée, ou entre une serviette humide et une couverture, après la douche de leur propriétaire. Car en effet – luxe suprême –, chaque wagon avait droit à une minuscule cabine de douche. Cela n'empêcha pas Fabien de s'inviter dans un compartiment où se trouvaient quatre garçons et de dire, pour le plaisir :

— Ça cocotte, ici !

Ce qui suscita force rires et force indignation. Vers vingt-deux heures, alors que le train de luxe traversait la frontière allemande et se préparait à sillonner l'Autriche une bonne partie de la nuit, Romain fut chargé par mademoiselle Combes de passer dans tous les compartiments pour s'assurer que les pyjamas étaient bien enfilés.

— Ils ne sont pas un peu grands pour ça ? tenta Romain.

— Monsieur d'Astéries, j'ai surpris un des élèves il y a une heure en train de se mettre du dentifrice sur le nombril, pour s'amuser. Donc *non*, ils ne me paraissent pas « trop grands » pour quoi que ce soit.

Romain fit son tour de garde. Une jeune fille avait encore un doudou ; malgré ses efforts pour le cacher, deux autres camarades l'avaient aperçu, et elles lui faisaient subir depuis lors un feu nourri de railleries. Romain calma le jeu. Plus loin, l'un avait perdu sa trousse de toilette. L'autre avait fait tomber son appareil dentaire quelque part dans ses draps. Une jeune fille avait oublié son haut de pyjama.

— Eh bien… tu prends un T-shirt dans ta valise, se surprit à dire Romain.

Fabien, mademoiselle Combes et lui-même partageaient un compartiment. Les deux jeunes hommes en sortirent délicatement, le temps que la principale se préparât pour la nuit. Elle dormirait sur l'un des lits du bas, ils auraient ceux du haut.

Fabien en profita pour refaire un tour dans les compartiments des élèves, dont émanaient des fous rires autant que des chuchotements et des plaintes. Claudiquant toujours légèrement, il s'arrêta devant la chambre improvisée d'Anita, Pia, Emma et Astrid, qui se turent aussitôt.

— Ça va, les filles ?

Elles pouffèrent de rire.

— Mais, attendez…

Fabien alluma la lumière, malgré la protestation des occupantes, qui avaient doucement glissé dans une discussion émolliente qui n'était pas le sommeil, mais presque.

— Là, cette barre de fer, elle n'est pas dans les autres wagons, dit-il en montrant une barre traversante qui passait sous un lit supérieur. C'est parfait comme équipement, si vous voulez faire un peu de sport.

Retirant son T-shirt en lycra, il demanda à Astrid, qui occupait le lit du dessous, de s'écarter sur le côté, puis, en s'accrochant à la barre en question, il exécuta vingt tractions à la suite.

— Voyez… Bien ramener les genoux contre la poitrine… Hmmpf…

Les filles, en regardant leur prof de sport s'échiner ainsi, se mirent à pouffer de nouveau.

Torse nu, trempé de sueur, rayonnant de satisfaction, Fabien se remit debout.

— Monsieur, dit Astrid d'un air candide après avoir échangé un regard avec Anita, vous pouvez refaire ? On n'a pas bien vu…

— C'est vrai ? Vous n'avez pas…

La désapprobation se lisait sur son visage.

Il se remit à la barre et exécuta une nouvelle fois l'exercice, non sans avoir lâché : « c'est dingue, ça » – laissant tout loisir aux quatre jeunes filles de détailler son torse, en se cachant les unes derrière les autres.

— … Qu'est-ce que tu fous ? demanda Romain en passant une tête dans le compartiment.

— J'arrive, j'arrive, répondit Fabien, le visage écarlate, en enfilant son T-shirt en catastrophe.

Quand les deux professeurs furent autorisés à rentrer dans leur compartiment, ils virent Angela Combes pieds nus, couverte par une longue chemise de nuit en madapolam aux manches bouffantes, qui n'avait sans doute jamais été à la mode. Dans cet accoutrement, ses cheveux rouges apparaissaient comme un élément de sa panoplie qu'elle aurait oublié de retirer.

— J'ai enlevé mes yeux ! leur dit-elle vivement. Si je dois me lever pendant la nuit, j'essaierai de ne pas me casser la margoulette. Ça risquerait de vous réveiller.

Après quoi elle leur souhaita bonne nuit, se mit sous sa couverture et leur tourna le dos.

— Tu crois qu'elle dort avec sa canne sous l'oreiller ? chuchota Fabien auprès de Romain.

— *Elle* a encore toutes ses oreilles, pour le coup, monsieur Bedenne, énonça mademoiselle Combes d'une voix claire.

La nuit fut mémorable, et même pour certains élèves la meilleure de leur vie, comme ils furent plusieurs à l'avouer le lendemain. Coincés entre un matelas confortable et le fouillis des draps, ils avaient discuté à voix basse jusqu'à pas d'heure, échangeant pensées spontanées et expressions personnelles, rumeurs, spéculations, imitations, accents improbables et blagues de niche rendues plus hilarantes encore par l'excitation du moment. Puis ils s'étaient laissés glisser dans un sommeil bienfaisant, bercés par le bruit roboratif des portions de rails successivement franchies et les rondes des adultes dont l'ombre, par la vitre du compartiment, n'était que devinée.

Tôt le lendemain matin, Angela Combes, de nouveau vêtue de velours vert émeraude, alla frapper à chacun des compartiments. Le soleil se hissait à peine sur le plateau de l'horizon.

— Allez, on se lève !

Il ne fallait pas manquer la traversée du Danube, juste avant l'arrivée à Budapest. On ne ferait que passer dans la capitale hongroise, mais mademoiselle Combes avait tenu à ce que chacun en sût quelque chose, attendu que, comme elle le leur avait dit en classe :

— Vous n'y retournerez peut-être jamais.

Ils virent de loin le Parlement néoclassique et les toits plus anciens, avant d'arriver enfin en gare. Là, ils avaient une heure devant eux avant de remonter dans un tortillard qui traverserait la frontière roumaine pour les déposer à Timişoara.

Romain resta avec Fabien et les enfants au café de la gare pendant que mademoiselle Combes allait acheter des sandwichs.

— J'arrive pas à croire qu'on était à Chaudezat hier matin, mec, dit Fabien en tirant la peau de son visage pour accentuer ses cernes.

La principale revint et il fallut vite monter dans le train pour la Roumanie. Là, les élèves surexcités à la perspective de rencontrer leur correspondant révisèrent une dernière fois leurs connaissances sur le pays d'Eminescu ; puis, chacun sortit de son sac l'œuvre d'art qu'il avait réalisée pour son arrivée. Berenyss, qui trouvait que la Roumanie ressemblait à un gros poisson avec une courte queue, en avait découpé un dans du papier crépon. C'était l'œuvre. D'autres avaient réalisé des drapeaux roumains, jusqu'à y épuiser leurs feutres. L'initiative avait déplu à Romain : un drapeau avait toujours un côté belliqueux. Mais le respect du libre arbitre de l'enfant, et surtout le regard de mademoiselle Combes l'emportèrent.

En fin de matinée, ils firent un dernier changement de train à Timişoara. Cette autre Vienne, ottomane et austro-hongroise avant de devenir roumaine, ne les accueillit qu'une demi-heure. Ils n'eurent le temps d'y découvrir ni l'église catholique de la place Unirii, ni la place de la Liberté dont était partie, en décembre 1989, la révolution roumaine.

— Allez, les jeunes, dernier train avant d'arriver à Sighet ! lança mademoiselle Combes alors qu'elle les comptait, un pied sur le marchepied et un autre sur le quai.

— Mademoiselle, j'en ai marre des trains, dit Anita en s'arrêtant à sa hauteur.

— Eh bien ça ne change rien, même traitement ! Hop ! fit mademoiselle Combes en joignant le geste à la parole.

Les dernières heures furent fébriles. Les yeux qui scrutaient le paysage n'y accrochaient rien de bien remarquable, alors que le tortillard suivait en quart de cercle la frontière nord-occidentale de la Roumanie, longeant la Hongrie puis l'Ukraine. Fabien, remis de son bobo, fit des pompes et du gainage dans le couloir.

— On dirait l'Auvergne, fit-il remarquer plus tard, en récupérant devant une fenêtre du train.

— Mettez-y un peu du vôtre, monsieur Bedenne, répliqua la principale. Je ne l'ai pas dit, car cela me semblait évident, mais vous aussi êtes un ambassadeur, au même titre que monsieur d'Astéries.

Vexé, Fabien se rabattit sur son BlackBerry, martelant les touches du clavier en écrivant à Julie comme s'il en profitait pour se muscler les pouces.

Plus tard, alors que Romain farfouillait dans sa valise, son collègue crut y voir quelque chose d'intéressant.

— L'ami, c'est un pochon de weed que j'ai vu là ?

— Hein ? Non, pas du tout, c'est un sachet de tisane envoyé par ma mère…

Quand ils arrivèrent enfin en gare de Sighet, ils étaient attendus au bout du quai par le directeur de l'établissement Ion-Mihalache de Budeşti, accompagné d'un technicien du collège qui portait un panneau où, au milieu d'un drapeau bleu blanc rouge, on lisait : « Collège Blaise-Pascal de France ». Entre homologues, ils se saluèrent avec effusion. Ils étaient venus avec deux minibus, qui les emmènerait jusqu'à Budeşti.

— Oh, non ! crièrent plusieurs élèves, qui n'avaient pas compris qu'il restait un dernier trajet d'une demi-heure.

— Eh, les ambassadeurs, museau, fit mademoiselle Combes en se tournant vers eux, un doigt barrant sa bouche.

Les deux minibus traversèrent de vastes campagnes, qui ressemblaient fort à l'Auvergne des vallées, n'étaient ces meules de foin caractéristiques, traditionnelles, en forme de boules ornées d'une boule plus petite et semblables à un déguisement bulgare. Puis ils posèrent le pied à Budeşti, au terme de trente-cinq heures de voyage, comme prévu.

Ils étaient attendus au collège Ion-Mihalache – beau bâtiment de style classique entouré par une haute grille – par un véritable comité, composé de tous les élèves de la classe, auxquels s'ajoutaient le professeur de français, le professeur de langue roumaine et plusieurs autres professeurs. Une banderole était déployée :

« Bienvenue, les Français ! »

Les Français en question, sans attendre, se jetèrent sur les vastes plateaux de sandwichs triangulaires au fromage semblables à des quesadillas.

Le directeur, derrière un pupitre avec un micro, entama un discours dans un français impeccable, qu'il plaça sous l'autorité d'un vers célèbre :

— *Heureux qui comme Ulysse a fait un beau voyage...*

— C'est vrai qu'on en a plein les pattes, glissa Fabien à Romain.

Il fut question d'amitié entre les peuples, et de la beauté des périodes de paix où l'on peut entreprendre de tels partenariats. Le directeur émit l'espoir que ces trois jours seraient le prélude à des amitiés solides, par-delà tout un continent, entre la France – vaisseau amiral – et leur indéfectible « îlot latin ». Il savait que les voyageurs étaient fatigués, et il ne tarderait pas à les laisser rejoindre les familles.

Pendant ce temps, les ambassadeurs se mettaient sur la pointe des pieds pour repérer, dans la foule de leurs homologues, leur nouveau correspondant, sur la foi d'une poignée de photographies parfois datées. On guettait une teinture, un piercing, du gel dans les cheveux.

— Mais je crois que nos invités ont quelque chose pour nous, conclut le directeur en abandonnant sa place.

— Oui, en effet, confirma mademoiselle Combes visiblement épuisée, en parlant dans le micro. Les jeunes, en place !

Et, après avoir posé leurs valises contre le mur et retiré leur manteau, les élèves adoptèrent la position d'une légion romaine et entonnèrent comme ils l'avaient appris :

Nous, les enfants de l'an 2000
Perdus dans l'océan des villes
Nous deviendrons porte-bonheur
Pour faire un monde un peu meilleur

— Bravo ! fit Eduard, le professeur de français.

Puis les collégiens furent enfin autorisés à se mêler les uns aux autres, pour se reconnaître à tâtons, s'identifier. Les collégiens roumains avaient préparé des épinglettes pour associer chaque élève à son correspondant. Il y avait vingt-cinq animaux représentatifs de la faune roumaine, dessinés par Nadia, l'artiste de la classe. Imprimés en double, ils étaient coloriés par tout le monde puis attribués à chaque duo. On donna à Jeanne une épinglette représentant une martre – cette fouine en plus farouche. Ainsi, elle retrouva sa correspondante, Despina, qui lui tendit la main pour la serrer, comme elle croyait que chacun le faisait en France, même les enfants.

Et, quand les binômes furent reconstitués, à la manière de deux sphères aristophaniennes, la salle se vida peu à peu et les ambassadeurs furent éparpillés, çà et là, dans les familles.

Ces trois jours sur place furent menés tambour battant.

Si mademoiselle Combes était logée chez le directeur du collège, Fabien et Romain dormaient chez le professeur de français, Eduard, dit des Carpates. Il habitait une de ces belles et grandes maisons de la campagne roumaine, avec sa femme, ses deux filles en bas âge – Maya et Selva –, mais aussi ses parents et même une grand-mère nonagénaire, ancienne cheminote, Simona. La maison de cette famille qui n'avait pas toujours eu de quoi se mettre sous la dent était recouverte d'assiettes, du sol au plafond. Le salaire d'Eduard ne suffisait pas à les nourrir tous et le reste de la famille vivait du commerce de ces porcelaines peintes de motifs divers, floraux et animaliers. Le coq avait la cote, pour une raison inconnue.

Les parents d'Eduard, principaux gérants de ce négoce, proposèrent à Romain et Fabien de s'y essayer avant le dîner. La perspective semblait amuser follement les deux artisans, qui ne parlaient que quelques mots de français. Le père ne cessait ainsi de répéter :

— Je suis le *roi* de Budeşti, et *j'habite* dans la petite *maison*.

Les deux professeurs furent mis chacun face à une assiette vierge, avec une palette et un pinceau. Hilares, les deux artisans les poussaient à l'action, avec force gestes expressifs.

Fabien, la langue sortie entre ses dents, s'appliqua à représenter un pélican, oiseau emblématique du delta du Danube comme il l'avait retenu lors de la préparation du voyage. À la surprise de tous, il reproduisit à merveille le galbe du bec, l'irisé de la plume.

Passant par là avec une de ses filles dans les bras qui sortait du bain, Eduard émit un sifflement admiratif.

Romain, lui, barbouillait lamentablement sa porcelaine. Fabien se pencha sur l'œuvre de son collègue :

— Oh, pègue ! C'est quoi ce chantier ? Tu n'as jamais appris à colorier sans dépasser, ou quoi ?

— Non ! J'ai sauté la grande section de maternelle, se justifia Romain. Et je n'ai jamais rattrapé mon retard.

À l'exception de ces assiettes, la maison ressemblait beaucoup à une habitation de Chaudezat, avec son séjour tout en carrelage et son bois omniprésent. Différence notable, des sortes d'écharpes multicolores pendaient d'un peu partout.

— Et qu'est-ce que c'est, ça ? demanda Romain, délaissant son barbouillage.

— Ça, c'est *stergare*, répondit Eduard en installant des verres pour l'apéritif sur une table basse. Des étoffes aux couleurs de chaque région de Roumanie. Chez nous, c'est le rouge et le noir...

À table, les deux Français furent installés côte à côte. On cultivait la prune dans les parages, un alcool de prune leur fut donc proposé. Romain refusa, contrairement à son collègue.

— Non merci, je connais.

— Ah ouais ?

Et Fabien but cul sec son petit verre.

Des *mici* leur furent également servies avec des pommes de terre. Romain prétexta le voyage, la fatigue. Il laissa les saucisses.

— Mais t'es complètement fou, ou quoi ? demanda Fabien. Ça aussi, tu vas me dire que tu connais ?

Et il fit glisser discrètement les *mici* de Romain dans sa propre assiette.

De toute façon, Romain piquait du nez. À la fin du dîner, il invoqua la rigueur du voyage pour aller se coucher dans l'un des lits jumeaux préparés par Eduard dans cette pièce que l'on appelait la « bonne chambre », ce lieu où, dans les maisons maramuréchoises, on gardait la vaisselle précieuse, dans des armoires.

Il fut rejoint une demi-heure plus tard par Fabien, qui effectua en ahanant discrètement des dizaines de pompes et d'exercices abdominaux, avant d'aller prendre une douche et de se mettre au lit.

Romain se retournait dans le sien sans parvenir à trouver le sommeil. Il finit par se redresser pour voir ce que trafiquait son collègue.

Fabien avait posé son BlackBerry sur la table de nuit et tenait, bien calé entre ses genoux, un livre pratique au format carré, aux dernières pages duquel était accrochée une loupiote rechargeable qui rebiquait vers les pages intérieures comme l'antenne trompeuse de la baudroie des abysses.

— Pssst, chuchota Romain. Tu fais quoi ?

— Tu vois bien, l'ami, répondit Fabien sur le même ton. Je lis un bouquin.

— Mais… On peut savoir ce que c'est ?

Romain ne faisait aucun effort pour dissimuler son étonnement.

— Euh, oui… C'est un essai un peu technique sur le rapport entre le cerveau et les muscles, avec l'apport des neurosciences, murmura Fabien. J'avais découvert cette auteure quand je travaillais pour l'agrég, et j'ai voulu lire ses autres bouqu…

— Attends, attends, attends, interrompit Romain en oubliant tout à fait de chuchoter. Tu es agrégé, toi ? Agrégé de sport ?

Fabien parut piqué.

— Bien sûr que je suis agrégé, con. C'est pas parce que j'écris mes textos comme un cochon que je ne sais pas lire, ni réfléchir !

Romain se tut.

— Maintenant, si la loupiote ne te dérange pas, continua l'adonis béarnais, je vais finir mon chapitre, qui est particulièrement coton. Pègue.

Le lendemain, les élèves reçurent quelques heures de cours, en français et en roumain, dans le collège Ion-Mihalache. Les petits ambassadeurs français se firent une place dans un cours d'histoire sur la Roumanie, qui avait été pensé pour leur être accessible. On parla de la Dacie, des Valaques, de l'invention de la nation roumaine ; Jeanne Popescu, qui avait correctement écouté lors des préparatifs, s'illustra en mentionnant Décébale, le Vercingétorix des Daces. Cela fit son effet.

Les collégiens roumains étaient plus proches d'eux que les petits ambassadeurs n'auraient pu le croire. Ils pratiquaient des sports analogues, d'une part, et admiraient les mêmes groupes de pop, les mêmes acteurs américains. Il y eut des disputes, des amitiés, des amourettes. Derrière le dos des professeurs, les discussions se faisaient parfois en anglais, ou dans un sabir approchant qui passait pour plus facile.

C'était un beau mois de juin : on visita l'église de Budeşti, patrimoine mondial de l'UNESCO avec son avant-toit et son allure de drakkar pris dans la brume.

Alors qu'on en ressortait, Jeanne Popescu traînait un peu derrière le groupe. Romain, qui s'était lui aussi attardé pour prendre en photo un ex-voto, la rattrapa.

— Hé… !

— Oh, bonjour monsieur…

— Alors comment ça se passe, Jeanne ?

Jeanne avait rangé son téléphone et marchait droit devant elle, sans croiser le regard de son professeur.

— Ça se passe… super. Ma *corres'* est très sympa. Elle parle *hyper bien* français. Mais de toute façon, elle est première de la classe dans à peu près toutes les matières. Et chaque année, elle représente sa classe, puis son département et sa région dans des olympiades nationales, en langue roumaine, français, mathématiques, sciences…

— Mmm… fit Romain d'un ton réprobateur. Je n'étais pas au courant de ce système des olympiades.

— Je lui ai montré Nintendogs sur ma DS, et très vite elle est devenue forte. Chez elle, il y a une vieille console de jeux bulgare qui date du temps du communisme, elle m'a expliqué. Ça ressemble à une Super Nintendo comme mon cousin à Paris en avait une. Mais avec des graphismes pas top et des jeux bizarres.

— D'accord.

Il laissa couler un instant.

— Tu te vois où dans dix ans, Jeanne ?

— Je me vois pompière, répondit-elle du tac au tac.

— Pompière ? Avec une lance à eau, tout ça ?

— Oui. Je suis forte en athlétisme, vous savez. Et je voudrais aider les autres.

— C'est très noble. Mais tu sais qu'on peut être pompier ou pompière à côté d'un autre métier ?

— Oui, je sais. Mais moi, c'est pompière que je veux faire.

— Entendu. Pompière, alors.

Ils se rapprochaient du car, dans lequel tout le monde ou presque était déjà monté. Étaient-ce les collines à perte de vue ? Le ciel à peine embossé d'une lune en phase décroissante, visible en plein jour ? Les fragrances d'edelweiss, d'épicéa, de miel ? Quelque chose en tout cas décida Romain à se lancer.

— Jeanne, hum... Concernant ce qui est arrivé en début d'année, je n'avais aucune intention de... Je ne voulais aucunement...

— Je sais ce que vous allez dire, mais... C'est du passé. Et je ne vous en veux pas.

— Mais ce dîner...

— Je ne voulais *pas* ce dîner. Je suis désolée.

— Bon. *Pace*, alors ?

— *Pace.*

Ils échangèrent une poignée de main, et un sourire.

On reprit le car encore, pour le cimetière joyeux de Săpânța. Ceignant une église orthodoxe, cette demeure ultime avait pour particularité l'ornementation de ses stèles en bois aux couleurs vives et représentant le mort dans des postures parfois burlesques. Certains défunts étaient dépeints avec une légèreté qui, dans un cimetière plus classique, eût choqué – comme cet homme, mort renversé par un train, que l'on voyait portraituré une main levée en direction du visiteur, jovial, et totalement ignorant du danger qui accourait vers lui à toute vitesse, au second plan, sous la forme d'une locomotive.

Le deuxième jour, les petits Français et leurs correspondants virent une vraie locomotive, à vapeur celle-ci. C'était une des dernières encore en activité en Europe ; elle partait de Vişeu de Sus, ville d'exploitation forestière, et convoyait, sur une longueur de quarante-trois kilomètres, de grands troncs de hêtres, de chênes et d'épicéas, empilés dans des wagonnets. Grâce au père d'un des correspondants, toute la classe put monter dans le seul wagon dévolu au transport de personnes et faire le voyage, à si faible vitesse que certains passagers, disait-on, descendaient en marche en sautant dans la boue lorsque le train passait devant leur village. Le rail longeait un fleuve, la Vaser, longtemps chargé lui-même de convoyer le bois : les troncs étaient jetés à l'eau et descendaient son cours tant bien que mal jusqu'à leur destination.

— En Auvergne, on faisait pareil avant, dit mademoiselle Combes, appuyée contre l'équivalent du bastingage.

— Ah oui ? répondit Romain.

— Bien sûr ! Pour votre gouverne, vous irez lire les panneaux le long du Miodet, entre Auzelles et Saint-Dier. Le sentier de Bernadette.

À part le petit Étienne, totalement ébloui, les élèves n'étaient pas bluffés par cette locomotive à vapeur. Ils auraient largement préféré un vaisseau spatial ou des montagnes russes.

— Monsieur, monsieur ? demanda Albert. C'est vrai qu'il y a des ours bruns dans les Carpates ?

— Je te le confirme, dit Romain.

— Et c'est vrai qu'ils peuvent décapiter un homme d'un coup de patte ?

La journée se termina par une prise de bec au dîner.

— Alors, il paraît qu'une de vos élèves brille aux *olympiades*, dans toutes les matières ? dit Romain de façon sarcastique mais non sans connivence.

Eduard, qui servait dans toutes les assiettes une large portion de *şoric* – cette couenne de porc grillée et enroulée en petites crêpes –, répondit sans avoir perçu la tonalité de la question.

— Exactement ! fit-il avec enthousiasme.

— Des *olympiades* ? intervint Fabien. Chan-mé !

— Non, pas des olympiades sportives, cher ami, corrigea Eduard en voyant la flamme dans l'œil de l'adonis béarnais. Des concours d'excellence dans toutes les matières, à l'échelle nationale. Français, roumain, mathématiques, sciences, histoire… Nous en sommes très fiers. C'est une excellente émulation, et Despina qui a concouru dans plusieurs matières pour un prix national fait la fierté de notre établissement et de tous les autres élèves.

Romain, incrédule, tenait sa fourchette en l'air. L'osmose avec son homologue roumain aurait dû entraîner nécessairement une affinité dans les idées.

— Je ne suis pas sûr que l'excellence d'une seule puisse profiter à tout le monde… lâcha-t-il.

Eduard baissa les yeux en découpant son porc. Un simple malentendu avait mené à une confrontation désormais inévitable, et ça ne lui plaisait pas.

La grand-mère nonagénaire se mit à frapper sur la table avec le manche de sa fourchette. Pour la calmer, la femme d'Eduard lui dit quelques mots rassurants en roumain.

Enhardi, et cherchant le regard de Fabien autant que son assentiment, Romain renchérit :

— Cette manière de mettre les élèves en compétition, de les gratifier de médailles, de classements, de lauriers, voilà une *vieille chose* que nous essayons d'oublier chez nous, en France, dit Romain. Le

XIXe siècle s'est déjà suffisamment égaré sur la question...

— S'il est bien quelque chose dont nous avons besoin, nous les Roumains, répliqua Eduard avec un sourire confiant, ce sont les leçons de notre alliée, la France. D'ailleurs, il suffit de voir sa place dans les enquêtes internationales pour comprendre ce qui la gêne tant dans le principe même des classements...

Romain devait avoir sous-estimé son adversaire, car il fut estomaqué par la riposte. Il n'eut pas le temps d'ouvrir la bouche pour répondre qu'Eduard porta l'estocade :

— Mais vous qui avez des lettres, Romain... N'était-ce pas Montaigne qui écrivait : « chacun appelle barbarie ce qui n'est pas de son usage » ?

Romain jeta sa serviette sur la table, bouillonnant. Lui, traiter quiconque de barbare ? *Lui*, mépriser la culture d'autrui ?

Il voulut se lever de table, mais Fabien posa la main sur son avant-bras.

— C'est fou, dit le professeur de sport d'un ton ingénu, comme les cultures peuvent être différentes, et pourtant s'enrichir mutuellement.

Romain mordit dans un morceau de couenne et eut un petit rire en soufflant par le nez. La soirée se termina tôt.

Le dernier jour, les ambassadeurs visitèrent un atelier d'artisanat local où des femmes coiffées de fichus, sur un métier à tisser, confectionnaient des vestes de laine à long crin, que n'auraient pas reniées les vieux

Auvergnats. Puis on battit la campagne maramuréchoise, sur la piste des nombreux pères d'élèves du collège Ion-Mihalache qui travaillaient aux champs. Les petits Français apprirent à confectionner une meule traditionnelle, retenue par un pic vertical, après avoir fauché, asséché, et assemblé le foin. On apprenait, mais on se rendait utile à la fois.

Assis sur une bûche, Fabien continuait à écrire frénétiquement des textos sur son BlackBerry.

Mademoiselle Combes, qui surveillait les opérations en compagnie de Romain, s'approcha de lui.

— Monsieur Bedenne, peut-être pourriez-vous lâcher un peu votre écran pour, par exemple, mettre la main à la pâte ? Ou du moins surveiller les élèves, ce qui justifierait votre présence ici ?

Fabien mit son téléphone dans une poche et bondit sur ses pieds.

— C'est parti ! Et d'ailleurs, il faut que je m'active.

Et il faucha, assécha et assembla comme les autres, acharné comme un Stakhanov. Un père d'élève le somma d'escalader l'une des meules de foin pour nouer son sommet avec une corde, ce dont Fabien s'acquitta à merveille.

Plusieurs ouvriers le félicitèrent et, pour manifester sa joie d'avoir été utile, Fabien voulut effectuer un salto arrière depuis le sommet de la meule. Mais il avait mal évalué la consistance du foin et, au moment de l'impulsion, l'un de ses pieds s'y enfonça à moitié ; déséquilibré, il rata complètement son saut, retombant lourdement sur le flanc avec un bruit de craquement.

— Oh, purée !

Romain se précipita, alors que les élèves déjà se rassemblaient autour de lui. Fabien se mit à hurler de douleur.

— Mon coude ! criait-il.

— Ne bouge surtout pas, gros malin, dit Romain.

L'un des paysans était formé aux premiers secours. Il proposa une manière de porter Fabien pour préserver son coude, et le mettre à l'arrière de la voiture d'Eduard.

— *Spital*, ajouta-t-il durement à l'adresse de Romain tout en refermant la portière.

Ils confièrent les élèves français à la surveillance de leurs homologues roumains. Eduard au volant, Combes sur le siège passager, Romain sur la banquette arrière avec Fabien pour qu'il ne tourne pas de l'œil : tel fut l'attelage de la Dacia roulant à vive allure sur les routes qui menaient à l'hôpital de Cluj-Napoca, le plus proche. Deux heures plus tard, Eduard les déposait devant.

— Je ne vous accompagne pas, dit-il. Je suis phobique des hôpitaux.

Et il alla les attendre dans un café voisin.

— Ah, ça va être pratique pour communiquer, persifla mademoiselle Combes en offrant son bras à Fabien.

L'hôpital était grège et morne comme un hôpital. La salle d'attente était emplie de pauvres hères, souffrant de maux divers et n'ayant pas tous pu, à l'instar de Fabien, obtenir un Tramadol pour calmer la douleur.

Romain alpagua une blouse blanche qui passait.

— *Scuze,* dit Romain. *Amicul rănit...*

— Ne vous fatiguez pas, répondit le médecin. Je suis français.

Mademoiselle Combes et son jeune professeur laissèrent échapper un soupir de soulagement.

Paul Gedanne était un médecin trentenaire, arrivé en Roumanie dix ans plus tôt après avoir été recalé au concours de médecine à Paris. Comme beaucoup de ses compatriotes, il avait alors émigré pour bénéficier de la réputée formation roumaine, garantie sans *numerus clausus.* Mais, contrairement à la plupart des Français, il était resté sur place après la fin de ses études.

— Alors, qu'est-ce qu'il nous a fait, l'acrobate ?

Fabien raconta lui-même, penaud, son saut périlleux.

— *Aouch*, commenta sympathiquement le médecin. Il faudrait commencer par une radio. Le problème, c'est que le service est saturé aujourd'hui. Il faudra peut-être attendre jusqu'à demain matin...

— Impossible, répondit du tac au tac mademoiselle Combes avec rudesse. Nous repartons demain en France, avec toute une classe de collège.

— Réfléchissez-y, répondit Paul Gedanne en fronçant les sourcils. Je repasserai, j'ai des patients qui m'attendent.

Mademoiselle Combes le regarda s'éloigner.

— *Réfléchissez-y*, répéta-t-elle en singeant la voix du médecin français. À quoi veut-il qu'on réfléchisse ? Puisqu'il nous dit qu'il n'y a pas de place avant demain pour une simple radio !

Romain se massait les tempes.

— Attendez, mademoiselle. Je pense à un truc.

Il la prit par l'avant-bras et l'emmena un peu à part.

— Avez-vous vu le film *Bacalaureat* de Cristian Mungiu ?

— Si c'est pour me parler de cinéma roumain, le moment est mal choisi, monsieur d'Astéries, répondit mademoiselle Combes avec mauvaise humeur. On a un blessé sur les bras, vingt-six élèves à ramener en France, et…

— … C'est un film que nous avons vu en classe pour préparer le voyage, interrompit Romain. Une jeune Bucarestoise brillante s'apprête à passer le bac – une formalité pour elle –, qui lui permettra d'accéder à une grande université anglaise. Mais la veille de l'examen, elle est agressée, on lui casse le poignet. Son père est directeur d'un hôpital : afin d'obtenir un tiers-temps pour sa fille, il va devoir faire remonter un nom sur une liste des receveurs de greffe…

— Et donc ? demanda Combes impatiemment, jetant des coups d'œil à Fabien, plus loin, qui grimaçait.

— C'est un prêté pour un rendu, si vous voulez. Le film est une fiction mais il documente fidèlement, paraît-il, la corruption en Roumanie. J'ai appris depuis que c'était un problème majeur dans le pays, contre lequel une grande part de la jeunesse est mobilisée. Quand ce n'est pas un service, c'est une petite enveloppe. Pour faire grimper notre camarade sur la liste d'attente, je crois qu'il va falloir…

Et, regardant la principale dans les yeux, il leva cinq doigts, et les frotta dans un geste universel.

Mademoiselle Combes en resta bouche bée.

— Vous... Vous croyez ? Mais le médecin est quand même français...

— Et alors ? Ça le rendrait plus vertueux que le voisin ?

— Je ne dis pas ça, mais... En tout cas, je n'oserais jamais proposer un truc pareil...

— Eh bien, il va falloir oser, répliqua Romain avec assurance. À moins que vous ne préfériez annuler un voyage de vingt-neuf personnes à travers tout un continent, avec de multiples correspondances...

La principale était comme tétanisée. Mais Paul Gedanne reparaissait déjà au bout du couloir.

— Vite ! fit Romain. Combien avez-vous sur vous ?

Combes fouilla maladroitement dans son portefeuille.

— J'ai cent lei. Ce n'est pas grand-chose.

— J'en ai deux cents. Je vais voir ce que Fabien a sur lui.

Fabien avait cent vingt lei dans une poche.

— Pas énorme, dit Romain à la principale. En tout, cela fait à peine cent euros.

— Bon, ça reste une radio toute bête, bougonna mademoiselle Combes. Pas une opération à cœur ouvert.

Le médecin était auprès d'eux.

— Alors, qu'avez-vous décidé pour votre ami ?

— Eh bien... répondit Romain.

Il s'approcha de son compatriote et, feignant de lui serrer la main, il lui confia les cinq billets de paume à paume.

Le médecin glissa l'argent dans sa poche et baissa les yeux.

— Parfait, je vais voir ce que je peux faire.

Romain revint vers la principale en croisant les doigts.

Dix minutes plus tard, un interne muni d'un porte-bloc en bois se présenta dans la salle d'attente et lança à la cantonade :

— *Domnule...* « Bedenne » ?

Romain bondit de son siège.

— Oui ! C'est nous. Enfin c'est lui.

Et un Fabien pâle et grimaçant fut pris en charge par l'interne.

Il fallut moins d'une heure pour obtenir le verdict du médecin, qui accompagnait les radiographies. Romain et mademoiselle Combes se penchèrent dessus. C'était en roumain.

— Faites voir, dit le médecin français qui repassait par là. Alors... Mmm... Trait de fracture au niveau de la tête radiale, en effet... Suspicion d'une deuxième fissure au niveau de l'olécrane... Oui, regardez sur la radio, c'est ce trait que l'on voit ici.

— Et... Il faut opérer ? demanda craintivement Angela Combes.

— Ah non ! se mit à glapir Fabien. Surtout pas !

— Ce n'est pas forcément une bonne idée, dit Paul Gedanne. On va vous mettre un plâtre, et dans deux semaines vous irez faire une nouvelle radio en France pour voir comment ça évolue. À ce moment-là il faudra peut-être opérer, je vais laisser des instructions pour mes confrères.

— Un immense merci, docteur, dit Romain avec soulagement.

Et, en début d'après-midi, la Dacia d'Eduard repartait de Cluj-Napoca alourdie d'un plâtre et de quatre sandwichs.

Les calmants qu'avait reçus Fabien l'avaient d'abord fait divaguer, jusqu'à le faire verser dans une forme de mélancolie : c'était sa première grosse blessure.

— Les blessures font partie de la vie du sportif, essaya Romain.

— Tu as raison, l'ami… souffla Fabien.

Puis il somnola. Il se réveilla un peu avant d'arriver à Budeşti. C'était une route d'altitude ; les lointains sommets des Carpates orientales se découpaient sur le ciel, si éloignés qu'ils étaient fixes aux yeux des voyageurs. Leurs crêtes enneigées fascinaient Fabien.

— Dis, l'ami, tu crois qu'il fait froid, là-haut ? Bien froid ?

— Oh oui, j'imagine, répondit Romain. Peut-être comme un hiver à Chaudezat, mais en pire.

— Ah oui ? On doit vraiment se geler, alors !

Sa voix soudain tempérée était mouillée de respect, d'admiration ; la simple idée d'un froid aussi polaire semblait exercer sur cette âme une excitation pure et enfantine.

— Pourquoi cette question ? demanda Romain.

— Non, c'est juste que… Avec un pote de Saint-Jean-de-Luz, on a le projet de tester les limites du corps humain… S'il fait vraiment très froid là-haut, ça peut être une bonne idée pour les vacances d'hiver. En mode trekking un peu, en mode survie…

Son regard songeur accrochait les montagnes, roulait le long de leurs flancs, scrutait leurs sommets. Un soupir d'aise accompagnait le rêve d'une nuit future à grelotter sous sa tente. Romain suivit ce regard, pour essayer de voir ce que son collègue voyait.

On le déposa chez Eduard avant de repartir pour rattraper le groupe et les dernières activités de la journée. Le soir même, il y aurait un dîner de clôture.

De : Romain d'Astéries <botchan@gmail.com>
À : Henri Regamey <henri.regamey@u-bordeaux-montaigne.fr>
Objet : Dans le train retour
Le : 17 juin 2014, 15:01

clochersunesco.jpg

Cher Henri,

Tel que tu ne me vois pas, je suis dans le train retour, entouré de collégiens exaltés.

On se verra sans doute cet été, et tu me raconteras tout. Moi aussi, je te raconterai ce séjour où j'ai appris à confectionner une meule de foin traditionnelle, où je suis monté dans l'un des derniers trains à vapeur d'Europe, et où j'ai découvert les hôpitaux roumains après la blessure d'un collègue (rien de grave, rassure-toi).

Mais je ne te dis que ceci : mes élèves ont assisté aux cours du collège roumain. Ils ont eu deux heures de mathématiques (semblables aux nôtres, peut-être même plus efficaces du peu que je puis en juger), suivies de deux heures de bio. Et là, j'ai été estomaqué de comprendre que l'école publique roumaine n'enseigne pas la théorie de l'évolution, du moins pas dans son acception darwinienne.

Ce n'est pas du créationnisme non plus, mais un entre-deux, où l'évolution est une stratégie de Dieu pour parvenir à l'homme, le *couronnement de la Création*... Bon, après, chacun fait un peu sa tambouille, et c'est peut-être une manière de faire tenir ensemble la science et la religion majoritaire (neuf Roumains sur dix sont chrétiens orthodoxes). Mais je ne suis pas loin de préférer notre façon de voir... Parfois, être soi a du bon.

Le dernier après-midi réservait aussi son lot de surprises. Mon homologue du collège roumain tenait absolument à ce que nos élèves fassent la visite du camp de rééducation de Sighet. Au début, je t'avoue que je n'étais pas pour. Un mémorial pour les victimes du communisme, pourquoi pas, mais est-ce que ça ne revenait pas à imposer une opinion à nos élèves sur un courant politique donné ? Pour moi, ça n'était pas notre rôle. Mais mon homologue y tenait absolument – il se trouve que l'homme qui a donné son nom à leur collège, le président du parti national-paysan, est mort assassiné dans cette prison. Nous y sommes donc allés. Un très las et très vieil homme a poinçonné nos billets, et nous avons déambulé dans cette ancienne prison classique, reconvertie après-guerre en ce camp de rééducation. Au fond des cellules vides, nous trouvions des panonceaux qui relataient froidement (en anglais, roumain et français) les exactions subies ici par les prisonniers.

Il faut se faire violence pour imaginer ce que pouvait coûter la moindre contestation du régime, et ce avant même Ceaușescu. Quand ils ne succombaient pas aux tabassages inopinés qui les laissaient inconscients, les prisonniers pouvaient être mis à l'isolement dans des cachots humides où ils restaient nus sans pouvoir tenir debout, ni allongés ; et quand ils ne subissaient pas des interrogatoires où on leur demandait de répéter jusqu'à l'épuisement des slogans communistes, ils étaient parfois contraints de manger leurs propres excréments. Je lisais ceci : à l'échelle de la Roumanie entière, on estimait que le régime était directement responsable de la mort de cent mille personnes.

Comme quoi, le communisme peut faire du dégât quand il est laissé entre de mauvaises mains.

Ton ami – qui sera en France demain –, Romain.

P.-S. : en pièce jointe, un crobard qu'a fait mon collègue devant le monastère de Bârsana, avec ses trois clochers. Ne te font-ils pas penser aux trois brigands d'un célèbre conte ?

Épilogue

Les lacets de la route devenaient familiers ; depuis le car, on ne fut pas surpris de voir, par une trouée entre deux arbres, l'esquisse de Chaudezat sur la colline d'en face. L'arrivée était proche.

— Beau voyage, n'est-ce pas ? lança mademoiselle Combes à Romain, en venant s'asseoir à côté de lui.

Fabien, qui s'était assis tout au fond du car pour raconter des anecdotes, s'était totalement endormi, un filet de bave refroidissant sa joue. Les élèves en avaient profité pour écrire des mots sur son plâtre, ou pour y dessiner des cœurs.

Romain se redressa sur son siège et écarta une mèche de son visage ; le soleil descendant donnait à sa chevelure des reflets roux.

— Oui, répondit-il. Un sacré voyage. Mais, vous savez quoi, je ne suis pas fâché de retrouver notre bonne vieille terre…

Le car prit un virage en épingle. Cherchant sa voix, triturant ses mains dans un étrange manège, semblable à un échauffement avant une partie d'échecs, mademoiselle Combes dit soudain :

— Je vous comprends. C'est étonnant, non ? Ce village qui a plus de mille ans, qui sera là peut-être encore dans mille ans, malgré le sentiment d'abandon qui nous prend parfois... Et ce goût unique de poste-frontière... Il se trouvera toujours un Auvergnat pour vous dire que le Sud commence en bas de son jardin.

Puis, changeant d'idée comme un improvisateur de jazz perçoit une brèche dans l'architecture sonore qu'il a construite, et l'emprunte, elle s'exclama :

— Pascal, Chamfort, Vialatte... Que des laconiques, que des lapidaires sous nos latitudes. Je me demande s'il n'y a pas dans l'air de ce pays quelque chose qui pousse à faire bref, à abréger sa mouture. Vous ne croyez pas ?

Romain attendit la suite comme on attend la chute de la deuxième chaussure du voisin du dessus.

— ... On ne peut pas dire que j'aie vraiment pris le pli, pour le coup, continua mademoiselle Combes. Mais s'il faut donner dans le local, allons droit au but : je crois que je vous ai mal jugé, blondin. Votre présence d'esprit nous a été capitale.

— Ah oui ? J'aurais donc un peu plus que trois neurones ? répondit le jeune professeur malicieusement.

— Disons que même les horloges cassées donnent l'heure exacte deux fois par jour, répliqua la principale.

Il rit ; il y eut une pause. Puis elle reprit :

— ... Je ne pensais pas, dans ma carrière à son crépuscule, pouvoir faire encore un aussi grand voyage. Et cela, je le dois... Pas seulement, bien sûr, mais en grande partie... à vous. Merci, Romain.

Vous me rappelez mon fils, vous savez. Des idées un peu plus grandes que soi…

Sourire aux lèvres, Romain se remit à regarder la route pour ne pas avoir mal au cœur.

Un véritable comité d'accueil les attendait dans la cour du collège, où le car se rangea : parents, professeurs, camarades, accompagnés du maire du village et du correspondant de *La Montagne*. La clameur fut immense quand ils descendirent du car – ils n'auraient pas suscité plus d'enthousiasme en revenant de la Lune.

Une grosse enceinte diffusait une chanson populaire. Plusieurs élèves se jetèrent dans les bras de leurs parents ; les plus adolescents leur tendirent le front pour un discret baiser.

Julie, la prof de maths, cueillit Fabien dès sa descente du car.

— Oh, Kiki, je vais te prendre ton sac de voyage, mon pauvre…

Fabien se précipita et, protégeant son bras, il l'embrassa à pleine bouche, suscitant des exclamations parmi les élèves.

— Notre Romain ! Approchez-vous.

C'était monsieur le maire qui appelait le jeune professeur. Il s'était juché sur une palette, estrade de fortune, et parlait dans un micro. La musique s'était arrêtée.

— Jeune homme, de la part de la commune de Chaudezat, des élèves et des parents d'élèves du collège Blaise-Pascal, je vous dis bravo, et merci.

Romain eut un sourire modeste et leva le bras comme un coureur automobile après un circuit brillant.

— Nous voulions…

Il y eut un violent larsen et tout le monde se boucha les oreilles.

— Pardon. Je disais donc que nous voulions, pour récompenser votre persévérance et cette belle opportunité que vous avez apportée à nos élèves, vous offrir un cadeau. Ce cadeau, c'est un objet d'art, qui a sollicité le savoir-faire des artisans les plus habiles de Chaudezat. Tenez…

Et la foule s'écarta, laissant passer deux parents d'élèves qui portaient un petit ouvrage en bois allongé et creux.

— Une… une pirogue miniature ? dit Romain.

Tout le monde applaudit, alors qu'il posait une main sur le bois lisse de l'embarcation aux finitions nettes, qui tenait sur un socle de quarante centimètres de large environ.

— Tout le monde a mis la main à la pâte pour vous offrir cette maquette, ajouta le maire. Qui va vous surveiller pendant que vous travaillerez à vos cours, là-bas, en Guyane…

— Je suis éminemment touché, dit Romain en saisissant à son tour le micro.

Il aperçut le père Grange, au premier rang. Il était venu avec le chat, Sushi, sur son épaule.

— Vous étiez au courant ? dit Romain à micro couvert.

— Si j'étais au courant ! répondit Grange en se retournant pour prendre les autres à témoin. C'est moi qui ai donné l'idée, gamin !

Romain laissa les rires retomber avant de reprendre.

— Merci de m'avoir donné l'opportunité de faire un tel voyage avec ma classe. Et merci pour ce magnifique cadeau. Mais au risque de vous décevoir, peut-être... Je ne veux plus partir en Guyane. Je veux rester ici, avec vous, avec ces élèves. Et puis, il faut continuer le travail que nous avons commencé...

Il y eut une acclamation. Mademoiselle Combes, au premier rang aussi, le regardait intensément, dissimulant entre ses mains le pommeau de sa canne.

— Eh bien... tant pis pour les Guyanais, cria le maire, plus fort que le micro. On vous garde !

Romain, avec un sourire en coin qui était la marque des Astéries, descendit de la palette. Le correspondant de *La Montagne*, Denis Reyrolle, lui prit le bras.

— Romain, venez voir... J'ai obtenu une page entière du journal pour faire votre portrait : il nous faut une nouvelle photo.

— Oh, vous croyez... ?

Romain allait suivre le journaliste, quand il vit un parent d'élève qui ne le quittait pas des yeux. Il s'approcha.

— Vous êtes le père de Jeanne, n'est-ce pas ?

Sans sa moustache et son embonpoint factice, le père de Jeanne – qui, elle, folâtrait plus loin avec des amis – était méconnaissable, ou presque. Ses yeux brillaient d'intelligence.

— J'ai été consulté pour le bois de votre pirogue, monsieur d'Astéries. Et j'ai naturellement proposé le sycomore, un érable qui pousse sur les monts du Forez. Un bois dense, sensible aux coups mais à la fois imperméable. Persévérant, en somme...

— Eh bien… (Romain détailla son cadeau avant de planter son regard dans celui du père de Jeanne.) On peut dire que vous êtes meilleur artisan que cinéaste !

Le sourire de Bogdan s'accentua et une légère gêne le saisit.

— Merci pour ma fille. Elle est ravie de son voyage et vous adore.

Le journaliste de *La Montagne* tirait Romain par la manche. Celui-ci dit au revoir à Bogdan Popescu. La petite foule se dispersait. Fabien vint saluer son collègue, de son bras valide :

— *Adishatz,* l'ami.

— *Adiu.*

Ils se donnèrent une accolade.

Certains adolescents, sous le coup d'une émotion exceptionnelle, cédaient à leurs parents le droit de les prendre par la main, ou par les épaules. Ils franchissaient ensemble le portail et il n'y eut bientôt plus grand monde dans la cour du collège Blaise-Pascal.

Romain allait remonter sur la palette pour se faire tirer le portrait quand le maire, resté en retrait pour discuter avec la principale, l'interpella.

— Eh bien, Romain, puisque vous demeurez parmi nous, j'imagine que vous ne vous arrêterez pas en si bon chemin. Savez-vous où vous allez emmener nos élèves, la prochaine fois ?

Le jeune professeur passa une main dans ses cheveux, et jeta un coup d'œil au ciel rose bonbon comme s'il y cherchait la réponse.

— Je les emmènerai en voyage à Bordeaux.

Cet ouvrage a été mis en pages par

<pixellence>

CET OUVRAGE
A ÉTÉ ACHEVÉ D'IMPRIMER
SUR ROTO-PAGE
PAR L'IMPRIMERIE FLOCH
À MAYENNE EN NOVEMBRE 2022

N° d'édition : 43265-0. N° d'impression : 101436
Dépôt légal : janvier 2023
Imprimé en France